文庫 37

岡潔
胡蘭成

新学社

装幀　友成　修

カバー画

パウル・クレー『野生のリズム』一九三一年

パウル・クレー・センター蔵（ベルン）

協力　日本パウル・クレー協会

河井寛次郎　作画

目次

岡潔

岡　潔

唯心史観

芭蕉はこう言っている。

うき我を淋しがらせよ閑古鳥

そうすると彼の禅師は非常にほめたということである。

最近集中豪雨の中で、乗鞍登山バスが突然の土砂崩れのための濁流渦巻く飛騨川に転落、水没して、そのため百に近い数のアパート住まいの子たちのお母さんが死ぬという、聞くもいたましいことが起こった。このでき事はしかし、昭和元禄の懶《ものう》さを、懶さとも気付かないで、惰性的生活をしていた人たちに、孝というものを忘れた人の世の淋しさを気付かせるにずいぶん役に立ったと思う。まことやほんとうに生きるとは死ぬことである。

それにしても孝と言われているものから哺乳類の本質を引き去った残りが、エッセンシャル（日本語化しているから、本質的なまたは本質的なもの）の一つなのだが、マイホーム主義を戦後の日本人に教えた米人には、かようなもののあることがわからないらしい。

胡蘭成《こらんせい》氏という、もう日本に二十年以上いる支那人が、人の知の領域には三層がある。顕在識、潜在識、悟り識がこれである。今日学校で教えているのは顕在識ばかりである。たとえばとうもろこしは不思議にも台風を予知する。これは植物のことであるが、人にもそういうものがいろいろある。これが潜在識である。悟り識が開かなければその文明は真の文明にならない。

日本民族と漢民族とはもと同一民族であった。この民族には早くから、日本の言い方では神代の昔、漢民族の言い方では黄帝の昔から悟り識が開けているが、欧米人は開けていない。だからたとえばその人倫は根底を欠くのであると言っている。（中日新聞社東京本社刊『建国新書』参照）

全くそのとおりである。アメリカ人には孝のエッセンシャルパート（部分）が人の世に深みと霑《うるお》いとを与えることを知らない。私は孔子のいう「子養わんと欲すれども親いまさず」が人の世に深みと霑いとを与えているのだといっているのである。

ところで胡蘭成氏は日本民族のごく普通の人が生まれながらにして悟り識を開いていると言っているのである。私はそうであって欲しいがほんとうにそうだろうかと思った。明治以後は日本人は西洋の物質主義、個人主義の中に住んでいるため、せっかく開いている悟り識も働いていないだろうと思ったから、例を明治以前に求めた。そうするとこういう実例が目についた。この話は重複することになるがもう一度とり上げたい。

江戸時代のことである。白隠禅師は大悟して、郷里静岡県のどこかの町で住持をしていた。そのときその町の豆腐屋の娘がいたずらをして子を産んだ。娘は何よりも父親に叱られるのがこわかった。その父親は禅師にすっかり心服していた。それで娘は禅師の子だと言ったら叱られないだろうと思って、そう言った。ところが父親は禅師にまで裏切られたと思ったものだから、カンカンになって怒って、その子を寺へ持って行って白隠の膝に押しつけた。白隠も黙ってその子を受け取って、乳をもらい歩いて育てた。禅師の応待まことに流るるごとくである。

季節は冬でその日は雪が烈しく降っていた。禅師は子を懐に入れて、風邪を引かないようにいたわりながら、悪い道をいつものように乳をもらうために歩いていた。その姿は見るからに神々《こうごう》しかった。娘はそれを一目見るや、泣いて父親に実を告げた。寺の教化は遠近に及んだという。

ここで注目したいのは娘である。しかしその準備としてまず白隠のこの行為を分析しておこう。何がエッセンシャルで何がトゥリビヤル（これも日本語だから、どうでもよい、またはどうでもよいもの）か一目でわかって、トゥリビヤルを無と看做し去り、即座にそのとおりに行為しうる人を解脱した人という。解脱した人の不空の行為を善行というのである。

この際は赤ん坊を育てることおよび風邪を引かさないことがエッセンシャルであって、何で赤ん坊を押しつけるのかと聞いたり、場合によっては身の潔白を主張したりすることはトゥリビヤルである。ちょっとだれにもそうはわかっていてもそのとおりにできないから不空である。だから善行である。

さて娘であるがこの善行に接して、感銘して行為した。たぶんこれを崇高と見たのであろう。

善行に接してこれがわかるのは悟り識が開けているのである。テレビかラジオにたとえるとこの娘は受信することならできるのである。いかにも胡蘭成氏の言ったとおりである。

悟り識が開けるとは純粋直観が働いていることである。これは頭頂葉の働きである。これに三種類ある。意的情的知的、このうち意的純粋直観は直ちに行為となって現われるのである。

ところで、この娘さんはどれだろうか。だいたい意的なものであるが、少し情的なものもまじっていて、白隠のこの善行を崇高と見ているらしい。

歴史をしらべて見ると、日本民族は意的純粋直観が本領らしい。善行を見て感銘して直ちに行為するのである。日本民族は、こうして中核の人たちが一般の人たちを向上させてきたらしい。これは一種の菩薩道である。その方法としては専ら行為を用いている。これが神道である。

しかし情的純粋直観すなわち情操判断も相当発達していて、これによって行為を取っているのである。これも神道の中に入れるのが正しいであろう。

ところが知的純粋直観はほとんど働いていない。言い替えると知的純粋判断はまことに下手である。これに反して漢民族はこの知的純粋判断の上手な人が多い。これが本領らしい。それで鎌倉時代に道元禅師は南宋に渡って、修行して、知的純粋直観の眼を開いて、帰って「正法眼蔵《しょうぼうげんぞう》」を書き残した。私にはちょっとほかに知的純粋直観と言えるようなものが見当らない。私は高い知力が働いていないと言っているのではない。その高い知力の本源を自覚していないと言っているのである。

ところで、私であるが、道元禅師がせっかく書き残して置いて下さった「正法眼蔵」を十数年座右に置いてくり返しくり返し、実に熱心に読んだのだが、なんだか霞の中の桜花を見ているようにしかわからない。とうとう道元禅師に直接教えていただいて始めて眼が開いたのである。日本民族はこれぐらい知的純粋判断が下手である。これではとてもこの判断は使えない。だから情操判断が十分よく働くようにしておくのがよい、それには日本民族固有の情操、情緒を十分よく見定めておくのがよいと思うのである。

私は自分というものを適度に入れなければ思ったような色どりの出ないものを情緒、自分というものの入れようのないものを情操と呼んで、区別しているのである。

今年の始め、私は高知市へ行って、小中学校の校長さんたちに話しをした。そして夜宴会のとき、今日は神代の話をしたかったのだが、私が不勉強でまだできなかったから、仏教の言葉を借りて明治以前をお話ししたのですと言った。

そうして翌日直ぐ帰るつもりだったのだが、突然雪を伴った嵐が襲って来て、船も汽車も出なくなった。はなすこともなく高知市の一室に一日座っていることになった。それで私の関心は知らず知らず神代の二字に集中され続け、統一されてしまったらしい。夜がきてもねようとは思わず、暁方になって、とろとろとまどろんで、すぐに目が覚めた。そうすると私の大脳前頭葉の映写膜に、歌と俳句で書かれた日本史が展開された。私はそれを一目見てなるほどなあと思った。それをお話ししょう。

ところで神代であるが、私は神代の始まりは三十万年ぐらい前だという気がしていた。それを胡蘭成さんに話すと、氏は帰って、支那の伝説によって計算した葉書をくれた。ほとんど三十万年であって、一万年と違っていない。だから私の三十万年説は人類の持つ唯一の文献によったものである。

ところで知りたいことは、いつごろから日本民族は普遍的に純粋直観を受信するレシーバーを持つようになったかということである。これは古事記によるほかはない。日本民族は三大文学を持っている。芭蕉、万葉それに古事記である。わけても古事記は作者は日本民族それ自体であって、比隣を絶し、類型を許さない大文学である。次元が比較を絶して高いから、普遍ならば矛盾になるはずのことも、ここではけっして矛盾ではない。道元禅師の有時だからである。つまりあのときはあれが正しく、このときはこれが正しいのである。文字の形式は西洋流に言えばさしずめ劇とでもいうほかなかろうが、西洋の劇のような平板的なものとは似てもつかない。

さて日本民族にレシーバーが行きわたったのはいつごろかと言えば、「大ひるめむち」（天照大神）に「汝《いまし》、高天が原を知らせ」と勅《みことのり》せられた時からである。そうすると天孫降臨は、これは地球がいちばん暑い時は人は高原にいる。そうするとボーとなって記憶が薄れてしまう。少し涼しくなると高原を下り始める。私は日本民族はチベット高原を北に下りて、黄河の上流でしばらく稲を作っていたのだと思うのであるが、涼しくなって高原を下り始めると記憶も蘇り始める。しかし人の常として悪いことはみな忘れてしまってよいことばかりを思い出す。それで高原の上は非常によかったと思うのである。これが高天が原である。

それで天孫降臨は十万年ぐらい前である。とすれば日本民族にレシーバーが行き渡ったのも十万年ぐらい前であって、それ以来今の形式の菩薩道を行ないつづけているのである。
さて歌と俳句とで日本民族の歩み方や固有色を察しようというのであるが、歌や俳句は地上にあるものであって、天上では形に出ない。だから「すさのおの尊」が高天が原を追われてから後を見ればよいわけである。（実際それ以前を古事記について見ても歌なんかないが、それを説明したわけである）
それで歌の始まりは、古事記の、「すさのおの尊」の歌である。

八雲起つ出雲八重垣夫妻《つま》籠めに
八重垣作るその八重垣を

自分たち夫妻の新婚を祝って、この国八方に天の叢雲むら立って、あれあのように自分を内に閉じこめてくれているわい、というのであって、雄大雄勁にして喜びに満ちこんでいる。マイホームもこれぐらい大きくなれば利自的ではなくなってしまうのである。これが神代調である。
万葉から一、二拾うと、

もののふの八十うじ河の網代木に
いさよう波の行方知らずも　　柿本人麿

武士の八十氏というと物部氏のことである。しかし人麿のころは物部氏だけではなく蘇我氏もまた亡んでいる。のみならずこの歌は人麿が近江から奈良へ上るとき宇治川をみてよんだのである。網代木というのは冬氷魚を捕るために（網の代りに使う）杭である。それではこの句はその宇治川の網代木の所でたゆとうている川の流れを見ていると、かつて燃えた物部、蘇我二氏のあと今いずこと言っているのかというと、そんな小さな自分を中心の物の見方を入れては、後の山上憶良や特に大伴家持のような調子の弱々しいものになってしまうので、この句のぴんと張った強い調子はこう嘆いているからである。支那から文字と共に周の悪い風習が入って来て人々は氏の名を立てるなどというトゥリビヤル（どうでもよいこと）にかかずらわっていざようているが、かかる世根は流れてどうなっていくのだろうかと言っているのであって、人麿の洞察力の鋭さは千数年後のアメリカ的元禄の今日の世相を見抜いているようである。実際こんなふうでは日本とは昔の名の名残りで、ここは名も知らぬ土人の島になり終わるのではないかという。人麿は濁りの源に立ってその世の行く末を嘆いている。まことに雄大雄勁、そして嘆きもこれぐらい強ければ、それは生命の一つの律動であるから、喜びと感じられる。それで喜びに満ちているといってよいのである。すなわち神代調である。

若の浦に潮充ち来れば潟を無み
葦辺を指して鶴《たづ》鳴き渡る　　　山部赤人

この句前半は画面一面に潮がひたひたと満ちてきている。干潟なんか残さないと見るやたちまち、後半の画面に変わる。後半は画面一面ただ鶴が鳴き渡っている。鋼鉄のごとき力強い生命の表現である。すなわちこれも雄大雄勁にして喜びに満ちている。すなわち神代調である。

支那から文字とともに氏を主んじるという悪習が入り、果して、物部蘇我二氏は相争った。聖徳太子はもとのように人の心が一つにとけ合った国を作ろうとして、仏教を御取り入れになったが、それが巧くいかずかえって人心を小我的にした。仏教は深く入ればよいが、入り口では死ぬのが厭だ、死後がこわいと余計思わせてしまうからである。この二つの混濁のために世は藤原時代となり、ようやく大いに乱れようとする兆しを見せ始めた。そのころになって仏教はようやく一般の変化に浸透した。かくして西行の歌が出る。

心なき身にも哀れは知られけり
鴫《しぎ》立つ沢の秋の夕暮

非常にきれいな歌であるが、シャボン玉の五色の色彩のような美しさである。この基盤の上に健全な国土は建設することができない。

果たして世は大いに乱れて、武家政治となる。そして源実朝の歌が出る。

荒海の磯もとどろに寄る波の
破《わ》れて、砕けて、裂けて散るかも

うまい歌だけれども、その新さは、主として下七七の「わ」、「だ」、「さ」などのア列の言葉の使い方にあって、歌の調べそれ自体は弱々しい。念のため実朝のものを今一つ見よう。

箱根路をわが越え来れば伊豆の海や
沖の小島に波の寄る見ゆ

これは前のよりは巧いが、その巧さはたとえば巧みな庭作りが林泉の布敷を工夫するようなところにある。やはり本体の調べは弱々しい。

これは実朝が歌が下手なためではなく、実は歌を天に受けていたから、武士というものの実体をさらけ出したのである。武士は外面は実に強く、内心は実に弱い。真に強いとは、後にいう菟道稚郎子《うじのわきいらつこ》のような方のことである。この武士が政治を取った。国の政治の基盤はまことに弱々しくなったわけである。果たして世は乱れていつ果つべしとも見えなかったのだが、その乱れもついに尽きる時あって、世は徳川時代となった。そうするとすぐに芭蕉の俳句がある。

万葉は智すなわち知情意とわかれない前の心の姿を全部よんだのであるが、芭蕉はその中の情緒だけを取りだしてよんだものである。これはいわば肢体の姿をよむ代りに心臓のふるえを読んだようなものである。このメロディーが芭蕉の句の調べである。だから芭蕉の俳句は句の調べをよく聞いて、自分の心という肢体の姿に復元して、そ

れを見なければわからない。さて、

春雨や蓬をのばす草の道

調べを御覧なさい。「春雨小やみなく降りつづくるように」降っている。道の草はどんどん伸びて行く。ね、目の及ぶ限り万古の春雨が降っているでしょう。

黄老の道に「草を伸ばすはこれ天の道、草を除くはこれ人の道」という言葉がある。応神天皇の末の皇子にさっき言った菟道稚郎子という方があった。長兄の後の仁徳天皇をお立てになろうとして、自分が生きていては自分が天皇にならなければならないという理由でさっさと自殺しておしまいになった。果たして仁徳天皇は御仁政をお敷きになって、民のかまどはにぎわった。この際民のかまどのにぎわうことがエッセンシャルであって誰が祭政一致のまつりごとをするかはトゥリビヤルである。だから稚皇子は解脱した人である。だから至高の崇高さを感じるのである。

芭蕉はこの稚郎子が春雨だと言っているのである。

この基盤の上には健全な国家が建設できることがおわかりになったでしょう。だからこれは神代調である。もう一つ見よう。

秋深き隣は何をする人ぞ

芥川はこう言っている「茫々たる三百年、この荘重の調べを捉え得たものただ芭蕉一人である」。この言葉はむしろほめ足りない。ここに盛られている情緒の色どりを芥川は全く見誤っている。これはエッセンシャルであるから、これまで幾度ものべたのだが、今一度くり返しておこう。

欧米の個人主義は、五尺のからだとその動きによる心理を自分だといっているのである。明治以前の日本人はこれを小我と言っていた。ほんとうの自分は自然をうかべ、内心を貫く一道の霊気である。これを真我という。だから自然が美しければ嬉しいし、人の世が喜んでいれば嬉しいのである。また真我は不生不滅である。今の人が自分と思っているものは真我の自分である。今の人が他人と思っているものは真我の非自非他である。これは「知らないが故に懐しい」のである。今の人が自然と思っているものも真我の非自非他である。これは「懐しい自然の懐《ふとこ》ろ」なのである。

ところで小我を自分だとしか思えなければ、人の世は、わかってみれば人が一人一人個々別々である人の世であって、これは底知れぬ淋しさである。

芭蕉は真我の人だから、この句はこういう意味である。知らないがゆえに隣人が懐しいという、秋が江戸の八百八町をおおうて深々と来ている。

ところが意外に欧州の文明の中に育って、小我以外に自分などというものがあるはずがないと思ってしまっている芥川はこれを「秋が深くなって人の世は限りなく淋しい」としか取れなかったのである。その証拠に創作「秋」を書いて人の世の底知れぬ淋しさを薄膜の五色のごとく美しく色どっている。

真我と小我の情緒的な差は決定的に大きいから、今一つ証拠をくり返そう。芭蕉に、

山吹や笠にさすべき枝のなり

という句がある。この句も通りすがりの人の家の山吹きが床しいぐらいの意味で、基調の情緒は、知らないがゆえに懐しい懐しさである。それを芥川はこう読み込んでいる。

越し人

あはれあはれ旅人は
いつかは心安らはん
垣稲を見れば山吹や
笠に指すべき枝のなり

越は高志の大蛇のこし、すなわち裏日本であるが、ここでは奥の細道の旅人、すなわち芭蕉をさす。だから全く無自覚の小我の人芥川はついに真我の人芭蕉を理解することができず、「芭蕉は糞やけ道を歩いた大山師である」と言い切ったのである。

この芭蕉の句の基盤上にこそ、ほんとうに個性のある昔の江戸や京や浪花の街が建設できることがわかるだろう。すなわち神代調である。

かようにいったん世の乱れがおさまると、千年近く地上に絶えて無かった「神代調」がまた忽然として現われるのである。日本という国はまことに不思議な国であって、

この神代調こそこの国の基調の色どりだと思わざるを得ないでしょう。念のため内宮さまの芭蕉のころのあり方を、蕉門の連句中から拾って見ると

　春めくや人様々の伊勢参り

　参宮と云へば盗みも許しけり

喜々として慕いよっている。世は元禄とは言え久々の春である。

上代(応神天皇以前)は「神代調」だったこの度菟道稚郎子が出ている。芭蕉に至ってまた神代調、そうすると何よりも明治維新前の志士たちが出ている。その多くは楠正成の末期の念を念として、つまり正成の分身となって(正成が身を百千倍に分って)正成の初一念を貫き通し、ついに天日を再び照らさせたのである。

鎌倉の始めに道元禅師が出て、神国日本の機構《からくり》を教え、その「正法眼蔵」にこう言っている。

「諸仏の常に其の中に住持たる各々の方面に知覚を残さず、群生の永《とこしな》えに其の中に使用する。各々の知覚に方面あらわれず」

この「諸仏」を諸神と直せばよいのである「群生」は日本民族である。「其の中」は一道の霊気の中である。道元禅師は人はこの中で生の位、死の位と交々踏んで行くと言っている。解脱した人の死の位はいかなる意味に於いても肉体を持たない。すなわち神仏である。一道の霊気が高天が原である。「稚郎子」も、人麿も赤人も、道元も、

正成も正行も、芭蕉も、松陰も、皆ここから生まれて来て、またここへ帰って行ったのである。

明治以後日本は西洋の物質主義、個人主義（無自覚的小我主義）の水の中に住むようになり、終戦後はこの水がアメリカ的利己主義で著しく濁った。

そのため神代調は文学から後を絶つに至ったのである。あなた方は明治以後の俳句、歌、創作に、その基盤の上に健全な国家が建設できるような調べのものがあると思いますか。

日本人は今速やかにこの点を自覚して、早く心の基調の色どりを「神代調」にもどさなければいけないのである。日本民族の生命は日本的情操情緒である。これがいったんこの列島を去れば、ここは名も知らぬ土人の島になるのである。

陽炎のような人の生命でさえ一度切れたらつげないでしょう。まして日本民族の生命はいったん切れるとけっしてつげず、また始めからくり返すより仕方がないのである。釈尊のいう「猶し金剛の如く壊すべからず」である。

私は高知市での突然の雪嵐を神々の啓示だと思っている。

春宵十話

人の情緒と教育

私はなるべく世間から遠ざかるようにして暮らしているのだが、それでも私なりにいろいろ感じることがあり、世間の人に聞いてほしいと思うこともある。それを中心にお話ししてみよう。

これは日本だけのことでなく、西洋もそうだが、学問にしろ教育にしろ「人」を抜きにして考えているような気がする。実際は人が学問をし、人が教育をしたりされたりするのだから、人を生理学的にみてはどうだろうか、これがいろいろの学問の中心になるべきではないだろうか。しかしこんな学問はまだないし、医学でも本当に人を生理学的にみようとはしていない。それをめざしているのかもしれないが、それにしては随分遅れている。

人に対する知識の不足が最もはっきり現われているのは幼児の育て方や義務教育の面ではなかろうか。人は動物だが、単なる動物ではなく、渋柿の台木に甘柿の芽をついだようなもの、つまり動物性の台木に人間性の芽をつぎ木したものといえる。それを、芽なら何でもよい、早く育ちさえすればよいと思って育てているのがいまの教育ではあるまいか。ただ育てるだけなら渋柿の芽になってしまって甘柿の芽の発育はおさえられてしまう。渋柿の芽は甘柿の芽よりずっと早く成育するから、成熟が早くなるということに対してもっと警戒せねばいけない。すべて成熟は早すぎるよりも遅すぎる方がよい。これが教育というものの根本原則だと思う。

戦後、義務教育は延長されたのに女性の初潮は平均して戦前より三年も早くなっているという。これは大変なことではあるまいか。人間性をおさえて動物性を伸ばした結果にほかならないという気がする。たとえば、牛や馬なら生まれ落ちてすぐ歩けるが、人の子は生まれて一年間ぐらいは歩けない。そしてその一年の間にこそ大切なことを準備している。とすれば、成熟が三年も早くなったのは、人の人たるゆえんのところを育てるのをおろそかにしたからではあるまいか。ではその人たるゆえんはどこにあるのか。私は一にこれは人間の思いやりの感情にあると思う。人がけものから人間になったというのは、とりもなおさず人の感情がわかるようになったということだが、この、人の感情がわかるというのが実にむずかしい。赤ん坊の心の大きくなり方を観察しても、最も難渋をきわめるのがここのところで、なかなか感情がわかるまでにならない。人類が人の感情がわかるようになるまでには何千年どころではなく、無限に近い年月を要したに違いないと思われるくらいにわかりにくい。数え年で三つの終りごろから感情ということがややわかるが、それはもっぱら自分の感情で、他人の感情がかすかにわかりかけるのは数え年で五つぐらいのころからのようだ。その間二年ばかり足踏みしていることになる。しかし、そのデリケートな感情がわからないうちは道義の根本は教えられない。

私も最近、最初の孫を持って、無慈悲を憎む心や思いやりの気持を持たせようと思い、感情がいつわかるようになるかと手ぐすねひいて待っているが、なかなかわからない。といって、いわゆるしつけは一種の条件反射で、害あって益のないものだからやりたくないが、あまり気ままの雑草が生い茂っても困るのでしつけをせねばならないのだろうかと悩んでいる。やはり心を育てる時期はあるに違いない。それは植物でも茎、枝、葉が一様に平均して育つのではないのと同じことである。ある時期は茎が、ある時期は葉が主に伸びるということぐらいは、戦時中みんなカボチャを作ったから知っているはずだが、人間というカボチャも同じだとは気がつかず、時間を細かく切ってのぞいて、いいとか悪いとか、この子は能力があるとかないとかいっている。

どうもいまの教育は思いやりの心を育てるのを抜いているのではあるまいか。そう思ってみると、最近の青少年の犯罪の特徴がいかにも無慈悲なことにあると気づく。これはやはり動物性の芽を早く伸ばしたせいだと思う。学問にしても、そんな頭は決して学問には向かない。夏目漱石の弟子の小宮豊隆さんと寺田寅彦先生の連句に、小宮さんが「水やればひたと吸い入る墓の苔」と詠み、寺田先生がこれに「かなめのかげに動く蚊柱」とつけたのがある。小宮さんはこれを評して寅彦のつけ方のふわっとしていることは天下一品だといっているが、それはともかく、ちょうどこんなふうに、乾いた苔が水を吸うように学問を受け入れるのがよい頭といえる。ところが、動物的発育のためにそれができない頭は、妙に図太く、てんで学問なんか受け付けない。中学や高校の先生に聞いても、近ごろの子はそんなふうに教えにくいといっている。

いま、たくましさはわかっても、人の心のかなしみがわかる青年がどれだけあるだろうか。人の心を知らなければ、物事をやる場合、緻密さがなく粗雑になる。粗雑というのは対象をちっとも見ないで観念的にものをいっているだけということ、つまり対象への細かい心くばりがないということだから、緻密さが欠けるのはいっさいのものが欠けることにほかならない。長岡半太郎さんが寺田寅彦先生の緻密さについてふれていたが、文学の世界でも、寺田先生の「藪柑子集」特にその中の「団栗」ほどの緻密な文章はもういまではほとんど見られないのではなかろうか。

情緒が頭をつくる

頭で学問をするものだという一般の観念に対して、私は本当は情緒が中心になっているといいたい。人には交感神経系統と副交感神経系統とあり、正常な状態では両方が平衡を保っているが、交感神経系統が主に働いているときは、数学の研究でいえばじわじわと少しずつある目標に詰め寄っているときで、気分からいうと内臓が板にはりつけられているみたいで、胃腸の動きはおさえられている。副交感神経系統が主に働いているときは調子に乗ってどんどん書き進むことができる。そのかわり、胃腸の動きが早すぎて下痢をする。

最近、ある米国の医学者が犬を使って交感神経系統を切断する実験をやったが、結果は予期したとおり下痢を起し、大腸に潰瘍《かいよう》ができた。人でも犬でも、根本の生理は変らない。感情に不調和が起ると下痢をするというが、本当は情緒の中心が実在し、それが身体全体の中心になっているのではないか。その場所はこめかみの奥の方で、大脳皮質から離れた頭のまん中にある。ここからなら両方の神経系統が支配できると考えられる。情緒の中心だけでなく、人そのものの中心がまさしくここにあるといってよいだろう。

そうなれば、情緒の中心が発育を支配するのではないか、とりわけ情緒を養う教育は何より大事に考えねばならないのではないか、と思われる。単に情操教育が大切だとかいったことではなく、きょうの情緒があすの頭を作るという意味で大切になる。情緒の中心が実在することがわかると、劣等生というのはこの中心がうまくいってない者のことだから、ちょっとした気の持ちよう、教師の側からいえば気の持たせ方が大切だということがわかる。また、学問はアビリティーとか小手先とかでできるものではないこともわかるだろう。

いまの教育に対する不安を述べると、二十歳前後の若い人に、衝動を抑止する働きが欠けていることである。抑止の働きは大脳前頭葉の働きで、大脳前頭葉を取り去ってもなお生命は保てるが、衝動的な生活しか営めない。試験のときでも、意味も十分わかっていないのにすぐ鉛筆をとって書き始めるなどは衝動的な動作だ。だから衝動の強く働いている現状は、一般に大脳前頭葉の発育不良といえる。西洋流の教育は一口にいえば大脳の発育が中心で、父兄もそう思っている。まあいまは就職の方へ気持がいってしまっているから、どうか知らないが、少なくとも最近まではそうだった。にもかかわらず、教育の結果は大脳前頭葉の発育不良という形で出ている。もうしばらくすると、こんなのが日本人だということになりかねない。そこで教育の根本を変えてもらいたいが、大きな汽船が綱で和船をひっぱっているときと同じで、教育は徐々に変えなければ混乱が起る。だから、いまの世代についていては直しようがない。その世代が社会の中堅になったとき困らないように、年下でしっかりした世代を養成するほかないが、そのとき混乱を起さないためには、いまから年齢などにあまり重点をおかない習慣をつける方がいいだろう。年長者を大事にしろというしつけをしていると、将来困ることが起きるかもしれない。

さきに副交感神経系統についてふれたが、この神経系統の活動しているのは、遊びに没頭するとか、何かに熱中しているときである。やらせるのでなく、自分で熱中するというのが大切なことなので、これは学校で機縁は作れても、それ以上のことは学校ではできない。戦争中、小さな子から遊びをとりあげてしまい、戦後まだ返してやってないが、これでは副交感神経系統の協力しているノーマルな大脳の働きは出ないのではなかろうか。こうしたことが忘れられているのは、やはり人の中心が情緒にあるというのを知らないからだと思う。

教育だけではない。たとえば国語問題でもそうだ。この二月に二番目の孫ができ、名前をつけてくれというので考えたが、当用漢字だけで名をつけろというのには弱った。人名用漢字というのもあるが、これは「虎」や「熊」や「鹿」ばかりでどうにもならない。当用漢字は一般的にいって、ムードとかふん囲気とかをあらわす字を削り、具体的な内容をもった字だけを残した。「悠久」という文字が私は大好きだが、「久」は当用漢字にあっても、時間を超越した感じをあらわす「悠」の方はない。二月生まれだから「もえいずる」の意味で「萌」の字を使いたかったが、これも当用漢字にないので仕方がなかった。

日本語は物を詳細に述べようとすると不便だが、簡潔にいい切ろうとすると、世界でこれほどいいことばはない。簡潔ということは、水の流れるような勢いを持っているということだ。だから勢いのこもっている動詞を削ったり、活用を変えたりするのには賛成できない。ともかく、感じをあらわす字を全部削ったのは、やはり人の中心が情緒にあることを知らないからに違いない。

数学の思い出

私は数学を専攻しているので、人に小学校のころから数学がよくできたんじゃないかといわれる。しかし小学校で数学がよくできたような記憶は一つ二つしかない。いまは橋本市内になっている郷里紀見村の柱本小学校に二年生の中ごろまでいて、それから大阪市北区の菅南小学校に移ったが、三、四年生のころ、父に国語の学習帳の書き方がきたなく、それにしまいまで書いてないと注意されたことがある。その時「お前は算術は終わりまできちんと書いているではないか。それは算術の方ができるからだ」といわれた。また、四年生のとき、先生からいくつかの算術の問題を早く正しく解く競争をさせられ、私は二番だった。一番は高浜という銀行家の息子だったが、早かっただけで小数点を打ってなかった。それで先生はいくらなんでもあんまりだといって私を一番にしてくれた。筆や墨の遺失品を束ねたのが賞品で、お前が一番先にほしいのを選べというのが一等賞だったが、ぐずぐずしていて先生にせかされ、太い筆や墨のまじったのを選んだ。高浜は筆ばかりの束を選び、あとで、こないだのよく書けるぞといったが、私のはちっとも書けなかったのをいまだに覚えている。

そのころは計算問題より応用問題の方がよくできたが、六年になると応用問題にむずかしいのがあり、碁石算や鶴亀算がみなうまく解けた記憶がない。県立粉河中学の入試にも落ちてしまった。しかし私は計算問題よりは応用問題の方が格段にすきだったのであって、先生もその方面の力を高く買っていたようだから、全く何がなんだかわからないということになってしまうが、ともかく応用問題が好きであった。

同じような素質が時間を隔ててあらわれるという例をあげれば、大学卒業後、フランス留学中にある研究をやり、結果がまとまったと思って、親切なことで有名だったソルボンヌのフレッセ教授に論文を見せると、教授は同僚のダンジョワ教授を連れて来て紹介した。ダンジョワ教授は私の論文を読むと隣室に行き、科学全般にわたっての新しいアイディアを載せている雑誌「コント・ランジュ」の一冊を持って来て、黙ってある部分を私に示した。それはダンジョワ自身の文章で、標題と冒頭の数式を見ただけで、私と同じテーマをあつかいながら正反対の結論を出していることがわかった。私は耳まで真赤になり、テーブルに顔をふせたまま上げられなかった。フレッセはその私に「ダンジョワはこちらの方面のオーソリティーなのだから」と慰さめ顔にことばをかけ、ダンジョワと一緒に部屋を出ていった。私はこの日の情景を、両教授の思いやりにあふれた態度とともに、あざやかにおぼえている。

一年間高等小学校に通って、二度目に粉河中学に入り、中学二年のとき初めて代数を習ったが、この年の三学期の学年試験では五題のうち二題しかできなかった。私はいつも一番むずかしそうな問題からとりかかるのだが、この時も最初に最もむずかしいのに取り組んだところ、一学期に解法を習ったのに忘れてしまっていた。それであせった結果、他の問題まで間違えてしまったわけだ。三学期の試験が最も重視されていたため、結局この年の代数の平均点は六十八点というみじめなことになった。試験がすんで郷里へ帰ったが、この不成績が気にかかってくよくよしていた。ところが、ある朝、庭を見ていると、白っぽくなった土の上に早春の日が当たって春めいた気分があふれていた。これを見ているうちに、すんだことはどうだって構わないと思い直し、ひどくうれしくなったことを覚えている。

ついでにいうと、土の色のあざやかな記憶はもう一つある。中学一年のとき、試験の前夜おそくまで植物の勉強をやり、翌朝起きたところ、気持がさえないでぼんやりとしていた。ところが、寄宿舎の前の花壇が手入れされてきれいになり、土が黒々としてそこに草花がのぞいているのが目に入ると、妙に気持が休まった。日ざしを浴びた土の色には妙に心をひかれてあとに印象が残るようである。

これらはあまりできなかった方の話だが、こんどは数学へ心を向けた話をしよう。中学三年のとき、脚気になったので寄宿舎を出て郷里から通うことにしたが、いつも試験の始まる一週間前からしか勉強をしなかったので、家ではすることがなくて退屈で困った。しかも家にあった本は「西遊記」「真書太閤記」「近世美少年録」等々と手あたりしだいに高等小学校時代にみな読んでしまっていた。

そんなわけで法律書や漢文の歴史書以外は何も読み残してなかったが、一つだけ残っていたのが、十九世紀の英国の数学者、クリフォードのものを菊池大麓が訳した「数理釈義」だった。第一章の標題は「物の数はこれを数うるの順序にかかわらず」第二章は「物の数はこれを加うるの順序にかかわらず」といった調子の大分変わった本だったが、わからないところがおもしろくて読みふけった。その中で一つだけ非常に印象的なものがあった。それは「クリフォードの定理」で、奇数個の直線は円を決定し、偶数個の直線は点を決定し、直線の数をいくらふやしてもそれは変わらないといった定理だったが、これがいかにも神秘的に思えた。その後も実にいろいろな定理や問題に出会い、そのたびに解ける限りは解いてしまったが、この定理だけは、いまだに証明しようと思ったことがない。証明してしまえば当り前のことになって神秘感がうすれるからである。(自分で考えることの好きな人のために少し言い添えておこう。どんな風に決定されるかということだが、三直線は外接円を決める。直線が四本あれば、三本ずつの四組ができるから、かような円が四つできる。それらが一点に交わる。五本のときは五点が同一円周上にある。……どうです、神秘を感じませんか。)

けれども当時は、しばらくあたためていたあとで、どうにも気になり、本当にそうなのかやってみようと図を描き始めた。すると実に大変な手間で、直線をだんだんふやして七本のところまで描くのがせいいっぱいだった。三学期の初めから期末試験が始まるまで描き続けていたので、二ヵ月ほどクリフォードの図ばかり描いていたことになる。しかし、いま思うと、これが私に数学の下地を一番つけてくれたのに違いない。

こんなことばかりしていて、試験の方はどうやっていたのか、ということになるが、試験は全部まる暗記ですませていた。まる暗記の力では私は人よりすぐれていた。つまり、いっぺん覚えたら忘れないという力でなく、しばらくの間覚えているというずるい力だが、この力は場合によっては随分大切ではないかと思う。練習してのばすとすれば中学三年生ごろが適当で、あとではのびないものだ。ただ私はこの力はぜひ必要だと思っているが、中学三年生以上の人に話すと、もう手遅れかとがっかりすると思うので、あまり人にはいわないことにしている。

数学への踏み切り

数学を志した経歴についてもう少し続けよう。中学の五年生のとき、冬休みの少し前から「完全四辺形の三つの対角線の中点は同一直線上にある」というのを証明する問題を、家の南の出口のたたきのところで、消し炭を使って図を描いては考えこんでいた。(四辺形の対辺をのばすと頂点が新たに二つ加わるでしょう。これが完全四辺形です。)これを冬休みに入っても続けていたところ、正月前にとうとう鼻血を出してしまい、まるで睡眠薬中毒みたいにこのあとずっと気持が悪くなって、冬休み中はなおらなかった。しかし、こんなことがあってから、かなりよく考えるようになったと思う。

三高に入って一年生のとき、数学の杉谷岩彦先生の問題がひどくおもしろかったが、これだけでは物足りなくて、東北大学から出ていた「東北数学叢書」を片っぱしから読んでは解いた。実におびただしく解いたように思うが、いまから考えると、実際はほんの一部分だったのではなかろうか。この叢書をそのまま持っていればわかるのだが、大学卒業後間なしに、旅行のために金が足りなくなって、古本屋をつれて来て蔵書を売り払ってしまったので、はっきりしたことがわからない。

ともかく、数学の問題をこれほど解きたかったのは、この一、二年間だけだった。

オタマジャクシでも、にょきにょき手足が出る時期があるように、問題を解きたくなるのにも時期があるわけだろう。

この三学期に同じ杉谷先生から方程式の解法について「五次方程式から先はこのやり方では解けない。アーベルの定理といって、解けないことがちゃんと証明されている」といわれ、また先生は「君たち大部分はどうせ工科へ行くのだろうが、理科へ進む人があれば、大学ではこの定理を教わるだろう」と付け加えられた。私たちは理科甲類で、大学は工科へ進むのが普通だったので、何気なくいわれたのであろうが、それがいつまでも私の心の中に尾を引いたのを覚えている。そうして、この証明の話が日がたつにつれて印象鮮明となり、「解けないことを、いったいどう証明するのだろう」と考えこんだ。(まだまだこれは手がつけられません。) 私は将来工科に進もうと思っていたのだが、このころから疑問を持ち始めた。工科志望といっても、学問の世界で貢献できる自信がなかったから大部分の人たちと同じ無難な道を行こうと漠然と考えていただけだった上に、(工科が私の小さいときからの父の希望で、父は私が、今現に使っている目覚し時計をこわして中の機械を取りだしても、一言も咎めなかったのです。私はそれでプロペラ舟を作って、池の上を走らせました。一度や二度ではありません。私は涙なしに今ここを書いたのではありません。) 用器画もうまく描けないし、工場設計法、工場見学なども好きではなかった。こんなところから、とても工科向きではないと思い直すようになったわけだ。

そのうち高校三年生のとき、近くアインシュタインが日本に来るというので大さわぎになった。日本では万事、当日より前夜祭のほうがにぎやかにやるのが例だから、このときが確か来日の前年だったと思うが、アインシュタインの影響で、大学は理科を選ぶ者が同級生に十人くらい出た。これにまじって私も京大理学部の物理学科に入った。ところが入ってみると、物理は好きになれなかった。「実験が下手だから」と自分では答えていたが、実際はアーベルの定理の方が高尚な気がしたからだった。これはクリフォードや杉谷先生の影響だったに違いない。それでも初めから数学を選ばなかったのは、物理の方がまだしも学問に貢献しやすいと思ったからで、数学ではその自信が持てなかった。それほど数学を専攻することには臆病だった。

しかし、物理学科一年生のとき、講師の安田亮先生の講義を聞いたのが数学科へ移るきっかけになった。期末試験の先生の出題は二題とも応用問題だったが、私のくせで、むずかしい方から取り組み、一題に二時間のほとんどを使ってようやく答案が書けた。あんまりうれしくて「わかった」と大声で叫んでしまい、前の席の学生はふりかえるし、監督に来ていた安田先生にも顔を見られるし、きまりの悪い思いをしながら大急ぎで鉛筆をとった。明日も試験はあるにはあったのだが、私はうれしくて、ぶらぶら円山公園に行き、ベンチに仰向けに寝て夕暮れまでじっとしていた。それまでずっと、変にうれしい気持が続いていた。これが私にとっての数学上の発見、むしろ証明法の発見の最初の経験だった。（ポアンカレーの言う数学上の発見は例外なく証明法についてです。）そこで、やれば少しぐらいはできるかも知れないと思って、数学科に転科することに踏み切ったわけである。いま考えても、あれは実によい問題だった。そうでなければ教室で「わかった」などと叫ぶようなことはしなかったに違いない。

数学科の二年間というものは、先生方の講義が実におもしろく、一日一日と眼が開いてゆくような気がした。ところが、卒業前の試験に口頭試問があると聞いて、それに備えて数学科で習ったことを私の例のやり方でまる暗記してしまったが、そのとき睡眠薬を用い始めたのがきっかけで、睡眠薬の中毒にかかり、卒業してから約二年間というものは何もしなかったように思う。といっても、すぐ講師になったので、教えるという機械的なことはやっていたが。そのあとさらに二年たって、一九二九年からフランスへ留学することになった。（これはずっと後できいたのですが、講師にして二年間に論文を書かなかったら、助教授にして残さないという内規が数学教室にあるのだそうです。それで私は「広島へやってしまえ」ということになったのだそうです。これもあとできいたのですが。人の世は何が幸になるかわかりませんね。当時の京都にいたのでは、ここを開拓しようという数学の世界の土地は、とてもさぐりあてられなかったにちがいない。面白いのは講義だけです。）

ついでだが、私は昭和何年とか大正何年とかいわないで、すべて西暦でいうことにしているが、これは私が一九〇一年生れで、千九百何年といえば年齢と一致して非常にわかりやすいためである。

フランス留学と親友

留学の決まったとき、フランスを希望したところ、文部省はドイツへ行けといった。当時、私が会いたかったのはソルボンヌの教授だったガストン・ジュリアで、ドイツにはだれもいなかった。それでジュリアの講義を聞くためにどうしてもといってフランスに決めてしまった。だれだれに会うというので留学するのだから、よその国ではだめなのに、文部省はそんなこともわからなかったらしい。（これは是非改めていただかなければ。）これも「人」というものが忘れられている例で、どの人がしゃべったかが大切なのであって、何をしゃべったかはそれほど大切ではない。（学校が下になるほどそうなのですよ。）

インド洋回りの北野丸という船で四十日かかって行ったが、船長は、事務長の話によると乗客の安全を第一にするというよりも、少々危険でも本当におもしろいところを見せてくれるというタイプで、花合わせの好きな人でもあった。船ではドクターに非常にかわいがってもらい、遊びづめに遊んだ。碁、将棋、マージャン、花合わせ、そのほかは食べるのと風呂に入るだけという毎日だった。港へ着けば遊び相手がみな上陸してしまうので、着かない方がよいと思ったくらいだった。船長の名もドクターの名もしらないが、かわいがられながら名前もきかないような抜けたところが気に入られたのだろう。(礼はよく言ったし、印象も色あせないでいることを言いそえます。)船長は向うへ着けば、以前に起した事故のため海難審判を受けることになっており、また北野丸もこの航海を最後に廃船となって、乗組員も解散してしまったので、もう名前を知ることもできないが、ご存命ならお会いしたいものだと思う。

実は乗船の前に微熱があり、医者とぐるになってごまかして乗ったのだが、この航海ですっかり治ってしまった。いまから思えば、オゾンの働きというより、交感神経的生活から副交感神経的生活に切りかえたことで、失われていたバランスが自然に回復されたのだろう。大海の中をゆっくりゆっくり進むのだから実に快適だった。それにくらべると近ごろの旅行は飛行機だからおもしろくないに違いない。何よりも欲しいのは時間的空間なのだから。

パリではこの間なくなった中谷宇吉郎さんと知り合い、中谷さんの筋向かいの部屋に陣取って、二週間ほど毎晩、中谷さんから寺田寅彦先生の実験物理の話を聞いたが、これが後々私の数学研究に大きな影響を与えたと思う。(寺田先生の頭なればこそ数学にまで応用が利いたのである。私は高木先生には受けていないが寺田先生には受けている。系図をかくと道元禅師、芭蕉翁、漱石先生、寺田先生及び芥川さん、そして私である。漱石先生には道義と縦一列の研究法とをうけている。うけたものはそれ位、学んだものは仏教と西欧文化。私にはこれだけそろっていますから、決して身をうごかさないのです。まるで北極星のようなたんかでしょう。）フランス文化の第一印象といえば、ホリベリゼーの踊り子たちが宝塚と全然ちがうことだったが、それを口に出すと、案内役の中谷さんが「あれはアングロサクソンだよ」といった。また、公園の芝生の緑色が実にきれいなのにも感心した。

しかし、フランス文化についていえば、当時の私にはフランスから格別学ぶべきものがあるとは思えなかったし、数学の分野でもそう信じていたから、しばらくなぐさみに映画ばかり見ていた。それもフランス映画は美術写真を並べたものにすぎないと思って、西部劇ばかり見ていた。西部劇といっても、あのころはピストルを主にしたものではなくて、馬を主にしたものだったが。（これが中心神髄です。日本民族の十万年はいたずらに古いのでなく、私には西欧文化など「高い山から谷底みれば瓜やなすびの花盛り」と見えてしまう。私はこれ一つで数学をやっているのです。高杉さんもそうだったし、これは他民族のことだが、アインシュタイン氏もそうです。）本当はフランス文化はそんな浅薄なものではないのだが、それは日本に帰ってからわかったことで、帰国後、ルネ・クレールの作品に熱中したことがある。いや、実は帰国直前に、船の切符を買ってから、たまたまマチス展を見学し、マチスという画家の形成されてゆく過程を数多いデッサンを通じてつぶさに知り得て、非常に感心したのだが、その時はもう乗船の時間がせまっていた。ともかく私は数学専攻に踏み切るのには臆病だったが、外国の文化を恐ろしいと思ったことはなかった。(これは東洋をマチスに指されたのです。)この点、一般の日本人は逆で、数学というものには恐れを知らなさすぎるくせに、外国文化を恐れすぎる。この誤りをはっきりいっておきたい。

ところで、フランスでの私の最大の体験は、中谷宇吉郎さんの弟の中谷治宇二郎さんと知りあったことだ。治宇二郎さんは当時シベリア経由で自費で留学に来ていた若い考古学者で、東北地方を歩き回って縄文土器を集め、長い論文を書いたあとだった。その論文をフランス語で三ページに要約したのがおもしろいので感心したり、とにかくどこかひかれるところがあって親しく交わった。年齢的にもはっきり自分を自覚するという時期よりは前で、自分の長所、短所をはっきりとは知らなかったようだが、何より才気の人で、識見もあった。それよりも、ともに学問に対して理想、抱負を持っており、それを語り合ってあきることがなかった。そのころの彼の句に「戸を開くわずかに花のありかまで」というのがあるが、明らかに学問上の理想を語ったものだろう。

私たちは音叉が共鳴し合うように語り合った。また、一緒に石鏃《せきぞく》を掘りに行ったり、カルナックの巨石文化の遺跡を見に行ったりした。もっとも私は巨石文化はあまり好きになれないので、せっかく行っても、その巨石にもたれて数学の本を読みふけっていたが。

私が洋行で得たものは、日本から離れて時間と空間を超越できたことと、親友とはどんなものかを知ったことである。私は治宇二郎さんと一緒にいたいばっかりに留学期間を一年延ばしてもらった。そして一九三二年に一緒に帰国したが、治宇二郎さんは留学前からの脊椎カリエスがひどくなって、九州の別府に近い由布院で療養生活に入った。私は夏休みになるとすぐとんでいって病床で話しこんだ。三年目の夏もこうして見舞っているうち、私の娘が急病にかかったという知らせでやむなく滞在を切りあげたが、これが別れとなった。このとき治宇二郎さんが「サイレンの丘越えてゆく別れかな」の句を作ったことをあとで聞いた。

私はこの人が生きているうちはただ一緒にいるだけで満足し、あまり数学の勉強には身がはいらなかった。フランスでの数学上の仕事といえば、専攻すべき分野を決めたことだけで、多変数函数論の分野が、山にたとえれば、いかにもけわしく登りにくそうだとわかったので、これをやろうと決めて帰ってきただけだった。(意義も実に大きいのです。)

治宇二郎さんは一九三六年三月二十二日に亡くなったが、このあと私は本気で数学と取り組み始めた。私が最初の論文を書いたのもその翌年だった。

発見の鋭い喜び

よく人から数学をやって何になるのかと聞かれるが、私は春の野に咲くスミレはただスミレらしく咲いているだけでいいと思っている。咲くことがどんなによいことであろうとなかろうと、それはスミレのあずかり知らないことだ。咲いているのといないのとではおのずから違うというだけのことである。私についていえば、ただ数学を学ぶ喜びを食べて生きているというだけである。そしてその鋭い喜びは「発見の喜び」であって、平生の喜びは甘さが淡く、生甲斐（生命の充実感）である。

数学上の発見の喜びとはどんなものかを話してみよう。留学から帰り、多変数函数論を専攻することに決めてから間もなく、一九三四年だったが、ベンケ、ツーレン共著の「多変数解析函数論について」がドイツで出版された。これはこの分野での詳細な文献目録で、特に一九二九年からあとの論文は細大もらさずあげてあった。これを丸善から取り寄せて読んだところ、自分の開拓すべき土地の現状が箱庭式にはっきりと展望でき、特に三つの中心的な問題が未解決のまま残されていることの意義が明白にわかったので、この連峯をこえる第一着手に目標をしぼった。このときは百五十ページほどの論文がほぼできあがっていたのだが、中心的な問題を扱ったものではないとわかったので、これ以上続ける気がせず、要約だけを発表しておいて翌三五年一月二日から取り組み始めた。

当時、勤務していた広島文理大には文献がなかったので、目録にあげられている主要論文の要点をみて自分でやれるものはすべて自分で解き、直接文献に当らねばならないものだけ京大又は阪大へ行って調べた。（よく憶えていませんから、こう書きますが、実際は阪大へ一度行ったことしか思い出せません。）

こうして二ヵ月で三つの中心的な問題が一つの山脈の形できわめて明りょうになったので、三月からこの山脈を登ろうとかかった。前言ったようにこの山には最初の足がかりが全く見当らぬのである。（実はこれは無いので、私は「上空移行」と名づけたのですが、いわばヘリコプターで登ったのです。）しかし、さすがに未解決として残っているだけあって随分むずかしく、最初の登り口がどうしてもみつからなかった。毎朝方法を変えて手がかりの有無を調べたが、その日の終りになっても、その方法でよいは勿論、これでは駄目ということの方も言い切れないのである。それで翌日から何をしたのかとお聞きになりたいのでしょうが、この方法は自分の手におえないとわかるから次をさがすのである。これが三ヵ月続くと、もうどんなむちゃな、どんな荒《こう》唐無稽《とうむけい》な試みも考えられなくなってしまい、それでも無理にやっていると、はじめの十分間ほどはよいが、あとはどんなに気を張っていても眠くなってしまうという状態だった。

こんな調子でいるとき、中谷宇吉郎さんから北海道へ来ないかという話があり、ちょうど夏休みになったので招待に応じて、もと北大理学部の応接室だった部屋を借りて研究を続けた。応接室だけに立派なソファーがあり、これにもたれて寝ていることが多くて北大の連中にも評判になり、とうとう数学者吉田洋一氏の令夫人で英文学者の吉田勝江さんに嗜眠性脳炎というあだ名をつけられてしまった。（ちなみに令夫人のあだ名は鋏。）

ところが、九月にはいってそろそろ帰らねばと思っていたとき、中谷さんの家で朝食をよばれたあと、隣の応接室に座って考えるともなく考えているうちに、だんだん考えが一つの方向に向いて内容がはっきりしてきた。二時間半ほどこうして座っているうちに、どこをどうやればよいかがすっかりわかった。わかったのは刹那である。疑いは影もささず、悦びは数日後の帰りの汽車の中にまで尾を引いた。これは発見の鋭い悦びではなく、重荷のとれた身軽さである。

私はこの翌年から「多変数解析函数論」という標題で二年に一つぐらいの割合で論文を発表することになるが、第五番目の論文まではこのときに見えたものを元にして書いたものである。六番目に取扱った問題は既に明白に見えていたのである。

全くわからないという状態が続いたこと、そのあとに眠ってばかりいるような一種の放心状態があったこと、これが発見にとって大切なことだったに違いない。種子を土にまけば、生えるまでに時間が必要であるように、また結晶作用にも一定の条件で放置することが必要であるように、成熟の準備ができてからかなりの間をおかなければ立派に成熟することはできないのだと思う。だからもうやり方がなくなったからといってやめてはいけないので、意識の下層にかくれたものが徐々に成熟して表層にあらわれるのを待たなければならない。そして表層に出てきた時はもう自然に問題は解決されている。

歴史的にみて、発見の喜びの最も徹底した形であらわれているのはアルキメデスである。彼が「わかった」と叫んで裸で風呂を飛び出し、走って帰ったのは、決して発見が本当かどうかを調べるためではない。発見の正しさに疑いなどを持つ余地は全然なく、ただうれしさのあまりこおどりしていたのに違いない。近代になってアンリ・ポアンカレーが数学的発見について書いている。すぐれた学者で、エッセイストとしても一流だったが、発見にいたるいきさつなどはこまごまと書いているくせに、かんじんの喜びにはふれていない。(これは或は無かったのかもしれません。「一方を明らむれば一方は暗し」——道元禅師)、発見の鋭い喜びはギリシャ時代から近代にいたるまでにかなり弱まったのに違いないが、それにしても少しも書かれてないのはふしぎだと思う。もし本当にポアンカレーが発見の喜びを感じなかったとすれば、すでにポアンカレーの受けたフランスの教育はかなり人工的になっていたとみるほかはない。

数学上の発見には、それがそうでないことの証拠のように、必ず鋭い喜びが伴うものである。この喜びがどんなものかと問われれば、チョウを採集しようと思って出かけ、みごとなのが木にとまっているのを見たときの気持だと答える。実はこの〝発見の鋭い喜び〟ということばも、昆虫採集について書かれた寺田寅彦先生の文章から借りたものなのである。括弧をつけ落して紙面に発表してしまったのは新聞社の重大な手落で、こんな風では国の創造はのびません。

インスピレーション型発見の実例

前回で数学的発見について話したが、発見の前に緊張と、それに続く一種のゆるみが必要ではないかという私の考えをはっきりさせるため、幾つかの発見の経験をふりかえってみよう。

大学卒業後、留学前の時期に下鴨の植物園前に住んでおり、植物園の中を歩き回って考えるのが好きだった。五月ごろだったが、何かのことで家内と口論して家を飛び出し、大学の近くにあった行きつけの中国人経営の理髪店で耳そうじをしてもらっているときに、数学上のある事実に気がつき、証明のすみずみまでわずか数分の間にしてしまった。(全くいらざることで、ポアンカレーはこれをする癖が災いして、あとうれしくないのでしょう。それとも彼の場合は少し疑惑が残るのかしら。)

その次は夏休みに九州島原の知人の家で二週間ほど滞在し、碁を打ちながら考えこんでいたあとのことで、帰る直前に雲仙岳へ自動車で案内してもらったが、途中トンネルを抜けてそれまで見えなかった海がパッと真下に見えたとたん、ぶつかっていた難問が解けた。自然の美と発見とはよく結びつくものらしい。

フランスへ行ってからも二度ほど発見をしている。セーヌ川に沿ったパリ郊外の、きれいな森のある高台に下宿していたが、ある問題を考え続けながら散歩しているうち、森を抜けて広々としたところへ出た。そこから下の風景をながめていたとき、考えが自然に一つの方向に動き出して発見をした。もう一つはレマン湖畔のトノン村から対岸のジュネーブへ日帰りで見物に行こうと船に乗ったときで、乗ったらすぐわかった。自然の風景にふっと気移りしたときに連続していた意識に切れ目ができ、その間から成熟を待っていたものが顔を出すらしい。そのとき刹那に(必ず刹那ですよ)見えたものを後になってから時空に引き伸して書くだけで、描写を重ねていけば自然に論文ができ上がる。ポアンカレーの言っている型の発見をインスピレーション型ということにする。これらの五つはすべてその型である。

他の型の二発見

六番目の論文にかかっていたのは広島文理大をやめて郷里の和歌山県に帰っていたときで、難所にさしかかって苦しんでいるうち、台風が大阪湾に向かったことを新聞で知った。引きしぼった弓のような気持でいたらしく、そのときすぐに荒れ狂う鳴門海峡を船で乗り切ろうと決心し、大阪から福良の方へ向かう小さい船に乗った。何故かというと、これくらい貧弱な準備の数学が僕にこの問題をやれというのは、まるで海を歩いて渡れというようなもの、キリストの真似をせよというのかと思ったからであった。実際は台風はそれてしまったので荒れ狂う海は経験できず、油を流したような水面をながめながら帰ってきたが。というより、台風が来ないと見きわめがついたからこそ船が出航したのに違いないのだが、そんなことはいなかの山の中から出て来てあたふたと乗りこんだ私にはわかりっこなかった。ともかく張りつめた気持が行為に現われたわけである。

このあと翌年六月ごろ、昼間は地面に石や棒で書いて考え、夜は子供をつれて谷間でホタルをとっていた。殺すのはかわいそうなので、ホタルをとっては放し、とっては放ししていた。そんな暮らしをしているうちに突然難問が解けてしまった。これなど気持がゆるんでないと発見できないという例の一つだと思う。インスピレーション型ではない。「梓弓型」とでも言っておこう。

七、八番目の論文は戦争中に考えていたが、どうしてもひとところうまくゆかなかった。ところが終戦の翌年光明主義（浄土門）に入り、なむあみだぶつをとなえて木魚をたたく生活をしばらく続けた。こうしたある日、おつとめのあとで考えがある方向へ向いて、わかってしまった。このときのわかり方は以前のものと大きくちがっており、牛乳に酸を入れたときのように、いちめんにあったものが固まりになって分かれてしまったといったふうだった。それは宗教によって境地が進んだ結果、物が非常に見やすくなったという感じだった。だから正しい仏道の正しい修行が数学の発展に役立つのである。この型を名づけて「情操型」ということにする。仏道はこれに役立つ。

文化の型を西洋流と東洋流の二つに分ければ、西洋のはおもにインスピレーションを中心にしている。たとえば新約聖書がインスピレーションを主にしていることは芥川竜之介の「西方の人」を見ればよくわかる。これに対して東洋は情操が主になっている。孔子の「友あり遠方よりきたる、また楽しからずや」などその典型的なものだし、仏教も主体は情操だと思う。木にたとえるとインスピレーション型は花の咲く木で、情操型は大木に似ている。

情操が深まれば境地が進む。これが東洋的文化で、漱石でも西田幾多郎先生でも老年に至るほど境地がさえていた。だから漱石なら「明暗」が一番よくできているが、読んでおもしろいのは「それから」あたりで、「明暗」になるとおもしろさを通り越している。これに対し芥川のは専らインスピレーション型である。西洋以上だと思う。しかしたとえばジイドにも息もつけずに読まされてしまうものはあるにはある。私は何だか「たかみむすびの神」、「かみみむすびの神」が夫々東西の文化の素だという気がするのだが。地理的には「土に書かれた歴史」のペルシャ湾沿いでわかれる。私はこの湾が本当の「はにやすの海」だと思っている。そうすると雲にそびゆる高千穂の、はアルプス山系ということになる。それだと天孫降臨は十万年位前となると思う。

数学の世界で第二次大戦の五、六年前から出てきた傾向は「抽象化」で、内容の細かい点は抜く代わりに一般性を持つのが喜ばれた。それは戦後さらに著しくなっている。風景でいえば冬の野の感じで涯《はて》のない冬枯の野がつづくだけで、少しの緑色もない(「南燕帰りて林に巣ふ」「山暮るる冬枯れの野は涯もなく」)。とても人の住めるところではない。そこで私は一つ季節を回してやろうと思って、早春の花園のような感じのものを二、三続けて書こうと思い立った。その一つとしてフランス留学時代の発見の一つを思い出し、もう一度とりあげてみたが、あのころわからなかったことがよくわかるようになっていて、結果は意外に面白かった。但し何となくである。

欧米の数学者は年をとるといい研究はできないというけれども、私は肉体はあまり使っていないからその心配はない。そういう型の学者はいるらしいが、自他共にそれをはっきりとは自覚してはいないように見える。

学を楽しむ

日本民族は昔から情操中心に育ってきたためだろうが、外国文化の基調になっている情操の核心をつかむのが実に早い。聖徳太子の法華経義疏などは太子一代で仏教の核心をつかんでしまっている。中国古代の文学にしても「舜、四門に礼す、四門穆々《ぼくぼく》たり」とか、「七絃の琴を弾じ、南風の歌をうたう」とかいったことばにあらわれている情操は、いまの日本人にもぴったりとくる。しかし、西洋文化についてはそんなにわかりが早くはない。特にギリシャに由来するものは、西洋文化と接触を始めてからかなり年月がたつのに、まだよく日本にはいっていない。

ギリシャ文化の系統といっても、二つの面がある。一つは力が強いものがよいとする意志中心の考え方である。芥川竜之介が「ギリシャは東洋の永遠の敵である。しかし、またしても心ひかれる」と表現し、また私の親友だった考古学者、中谷治宇二郎が「ギリシャの神々は岩山から岩山へと羽音も荒々しく飛び回っていた。しかし、日本の神々は天の玉藻の舞いといったふうだった」と述べたのもこの点を指したものだと思う。この部分は決してとり入れてはならない。何事によらず、力の強いのがよいといった考え方は文化とは何のかかわりもない。むしろ野蛮と呼ぶべきだろう。

しかし、ギリシャ文化にはもう一つの特徴がある。それは知性の自主性である。これはまだほとんど日本にははいっていない。文化がはいっていないということは、その文化の基調になっている情操がわかっていないということにほかならないが、ぜひこれはとり入れてほしいものだと思う。

知性に、他のものの制約を受けないで完全に自由であるという自主性を与えたのはギリシャだけだった。インドでもシナでも知性の自主性はない。これらの国で科学が興隆しなかった理由がそこにある。数学史をみても、万人の批判に耐える形式を備えたものはギリシャに由来するものだけで、したがってギリシャ以前は数学史以前と呼ばれている。知性は理性と同一ではなく、理想を含んだものだと思うが、はっきりと理想に気づいたのもギリシャ文化が初めてだった。これを代表しているのがプラトンの哲学及びユークリッドの幾何学である。

文芸復興期に入ると、一番大切なものがかつてギリシャにあり、それがローマ時代に失われたという一種の懐しさ即ち憧憬が起きた。それはガリレオのやり方をみると大体わかる。ガリレオにあったのは科学よりも科学者の精神で、観念論を打破して自分の目で見たものを確かめてはっきりと表現している。しかしここではまだ理性の尊重が中心になっていた。

認識するものとしての理性はデカルトによってさらに整えられたが、結局は理性は文化に近づく手段にすぎない。デカルトは夙にこれを知っていたのだが一般がこのことに気づき始めたのはニュートンの時代である。彼は「自分は大海を前にして磯辺で貝殻を拾っている子供にすぎない」といっているが、これは理性を手段としている自分の無力さがわかるとともに、前面に限りない大海のあることが漠然と感じられるのを示している。この大海とは何を意味するか、識者はここにこそ思いをひそめてほしい。

数学に限らず文化の本質、文化それ自体に目が向いたのは十九世紀である。つまり少し自覚が出始めたのである。ここで理想が漠然と自覚された。十九世紀の特徴は理想について考えたことにあるといってもよい。ゲーテの「ファウスト」も「ウィルヘルム・マイスター」も理想をあつかったものだし、ショーペンハウエルの「バッカスの酒神の杖を持っている者は多いが、バッカスの風貌を備えている者はまことに少ない」ということばも「杖」は手段、「風貌」は本体のことで、おそらくギリシャまで戻れといっているのに違いない。(彼はギリシャに失望して遂に東に山寺の門を叩いた。彼は理想は理性的には存在感だということを自覚しなかったのであるが、彼の行動はそれが彼にあったことを裏書きしている。芥川と美についても同じである。)

数学の世界でも、リーマンのように、自分が何を理想としているかをよく見きわめようとし、またそれが可能であることを示すために論文を書いた学者が出た。(彼がどうしてスイスに生れたのだろう。）数学史を学ぶ者はリーマンのエスプリを学んでほしい。（日本人は特にそうである。私はひとにはリーマン全集は必ずすすめますが、自分はどれも始め少ししか読んでいません。そこならふるさとだという気がするからです。その空気にふれさえすればいつもすっかり嬉しくなって先へ先へと瞑想してしまうのです。）ガリレオ時代のエスプリ、つまり理性は観念論を破る手段だったが、こんどのエスプリ、つまり理想は悠久なものを望むエスプリである。ニュートンのことばからもうかがえるように、謙虚になったから理想が見えてきたといえる。

理性と理想の差違は、理性の上では住めるが、（但し理性の中には決して住めません。これもしらなければなりません。）理想の中には住めないということにある。これは永久にできない。それが定義だから孔子の「論語」に、最初は学をつとめ、次に学を好み、最後に学を楽しむという境地の進み方を述べたことばがあるが、この「楽しむ」というのが学問の中心からの春風の吹く所に住むことにほかならない。孔子自身は、自分は学を好むが楽しむところまではいっていないと述べており、弟子の顔回のことを、あるときは学を楽しむとほめているが、常に楽しむとまでほめてはいない。

ところが、私はこんどの戦争が始まったとき、びっくりして、日本はこれで滅びると思ったが、以後戦争中は学問の中に閉じこもり、その間まさしく学を楽しんだ。論文など書けても書けなくても少しも気にならなかった。環境がやむを得なかったとはいえ、孔子にさえ容易にできなかったことがなぜ私にやすやすとできたか。それは学問自体が進化しているからできていて、恒久的に身をささえているからである。つまり動かない踏台ができていて、恒久的に身をささえているから、いつでも手をのばしさえすればとどくのである。はっきりいって、孔子の時代の学問には知性の自主性がはいっていなかった。だから、その春風の中になお住もうとしたけれども、それは孔子の夢にとどまったといえよう。一口に言えば、人は理性（大地）の上、理想（蒼旻《びん》、大空）の下に住んで、土を段々上に上げていけばよい（向上）。

情操と智力

理想とか、その内容である真善美は、私には理性の世界のものではなく、ただ実在感としてこの世界と交渉を持つもののように思われる。芥川竜之介はそれを「悠久なものの影」ということばでいいあらわしている。理想の姿を描写したことばを紹介できないかと思って随分探したけれども、一つも見当らなかった。しかし理想の姿がとらえたくて生涯追求してやまなかった人たちは古来数多くあげられる。この事実こそ理想の本体、したがって真善美の本体が強い実在感であることを物語るものではあるまいか。私にはそう思われる。

理想はおそろしくひきつける力を持っており、見たことがないのに知っているような気持になる。それは、見たことのない母を探し求めている子が、他の人を見てもこれは違うとすぐ気がつくのに似ている。だから基調になっているのは「なつかしい」という情操だといえよう。これは違うとすぐ気がつくのは理想の目によって見るからよく見えるのである。そして理想の高さが気品の高さになるのである。

真善美のうち最もわかりやすいのは美だが、たしかに美は実在する。私はこの実感を確かめるのがうれしくて、よく絵の展覧会を見に行く。数学のゼミナールの時間に学生たちをつれて行くことも多い。それは数学の最もよい道連れは芸術であることを知ってもらいたいからである。見に行くと時々美の実在を感じさせてくれる絵にぶつかることがある。美はいま眼前にある。しかしどんなものかはいえない。「ことばでいえないが知っている」ともいえない。真善美は、求めれば求めるほどわからなくなるものだと思う。わからないものだということを一般の人たちがわかってくれれば、それだけでも文化の水準はかなり上るに違いない。

数学の世界でいえば、理想に一歩近づこうという動きのあらわれとして、理想への入り口のところをくわしく見ること、つまり数学的自然観察の傾向が強まってきた。これが二十世紀の特徴といえる。数学全体がそうだとはいいきれないが、また二十世紀は戦争ばかりしているのでまだまだはっきりした形では出ていないが、全体としてはそういう傾向にある。したがって、心の中に数学的自然を生い立たせることと、それを観察する知性の目を開くということの二つができれば数学がやれることになる。心の中に数学的自然を作れるかどうか、これが情操によって左右されるとすれば、よい情操をつちかうことの大切さは、いくら強調しても強調し過ぎるということはないだろう。たとえば小学校三、四年生のころは、心のふるさとをなつかしむといった情操を養うのに最も適した時期ではあるまいか。「心のふるさとがなつかしい」という情操の中でなければ、決して生き生きとした理想を描くことはできないのである。

私は数学教育にいくらかたずさわっている者として、高校までの教育の担当者に一つだけ注文したい。それは、数学の属性の第一はいつの時代になっても「確かさ」なのだから、君の出した結果は確かかと聞かれた時、確かなら確か、そうでなければそうでないとはっきり答えられるようにしておいてほしいということである。でないとあとの教えようがない。この確かさに信頼して初めて前へ進めるのだから。つまり、右足を出してはそれに全身の体重を託し、つぎに左足を出してはまた体重を託するというふうに一歩一歩踏みしめて進んでいくのが科学の学び方にほかならないのだから。しかしこの学び方ができるかどうかは小手先の技術の問題ではなく、むしろ道義の問題である。ある程度「人」ができなければ、何を学ぶこともできないのではないか。

室内で本を読むとき、電燈の光があまり暗いと、どの本を読んでもはっきりわからないが、その光に相当するものを智力と呼ぶ。この智力の光がどうも最近の学生は暗いように思う。わかったかわからないかもはっきりしないような暗さで、ともかくひどく光がうすくなった。小学校で道義を教えるのを忘れ、高等学校では理性を入れるのを忘れているのだから、うすくなるのは当然といえるが、いったいどのくらいか計ってみた。ノーマルな智力をもっておればただちにできるはずのことに要する時間を私たちの世代といまの学生でくらべ、その逆数をとってみたわけである。

まず私たちの「ただちに」を計るため、ストップウオッチをかまえて友人の中谷宇吉郎さんと連句を試みた。宇吉郎さんが「初秋や桶に生けたる残り花」と詠み、これに私が「西日こぼるる取り水の音」とつけるのに十秒、また「秋の海雲なき空に続きけり」と詠み「足跡もなく白砂の朝」とつけるのに十秒、これで「ただちに」とは十秒だとわかった。そこで学生たちに、ただちにわかるはずの問題をやらせたところ、実に三日もかかる。何度やり直しても同じことだった。驚くなかれ、二万七千分の一の智力である。(平等性智の強さ、これが道義の地金。)

これはただちにわかるはずの自家撞着が、人に指摘されなくてはわからないという程度の暗さである。(これも測ってみたのですよ。)手短かにいうと、知的センスというものがまるでないのだ。このままいけば、人に指摘されてもわからないということになりはしないかと恐れる。これは、わかったかわからないかもはっきりわからないのに、たずねられたらうなずくといったふうな教育ばかりやってきたために違いない。

教育の根本を改めてもらいたいというのはここのことでもある。

日本人としての自覚

前に述べたように一九二九年から一九三二年までまる三年、私はパリに住んだ。そしてなにか非常に大切なものが欠けているように思いました。それがなんであるかを探そうとして、日本人とはどういう人であるかを調べ始めたのです。初めは芭蕉とその一門を、それらの人たちの書いたものによって詳しく調べたのですが、私にいかにもふしぎに思われたのは、芭蕉は俳句らしい俳句はふつう一、二句、名人でも十句あるのはまれであるといっていることです。五・七・五のような短い句型の二つや三つを目標に生涯をかけるということは、私には薄氷の上に重い体重を託するのと同じようにふしぎに思われました。

ともかくそんなふうにして私は芭蕉を調べ、日本民族には民族的情緒の色どりがあることを知ったわけです。これがいまのようになるまでには、少なくとも十万年、長ければ三十万年はかかっているだろうと思います。日本民族的な情緒の色どり、また個人の情の基調の色どりの二つが一致している人を、私は純粋な日本人と呼ぶことにしています。だから、国籍は日本にあっても純粋な日本人でない人もあれば、国籍が外国にあっても、純粋な日本人といえる場合もあるわけです。

私は芭蕉は純粋な日本人だと思っている。そして芭蕉を詳しく調べることによって、だいたい純粋な日本人のアウトラインを、いわば鉛筆で書くことができたわけです。つまり純粋な日本人とはこういうものであるという、鉛筆で書いたような自覚ができたわけです。

しかし私は、この鉛筆の下書きのような自覚では足りないと思った。それで道元禅師を選んで、だいたいその著書『正法眼蔵』上中下（岩波文庫）、なかんずく「上」から、自分は純粋な日本人であるという自覚を、いわばスミ書きすることができたと思っている。その後、私のしたことは、ざっと歴史に目を走らせ、純粋な日本人はどういう場合にどういう動き方をするかというそのいろいろな行為を印象に残すことで、これができればじゅうぶんだったのです。

自分は純粋な日本人であるという自覚ができていてもいなくても、あまり違わないと思う人が多いかもしれない。しかし実際は徹底的に違うのです。自分は純粋な日本人であるという自覚のできていない人を国内向けに使うと、いちいち他のものを物指しに使わなければならないから、手間ばかりかかって少しもはかどらない。自分は純粋な日本人であるという自覚を持っていれば、すべて自分を物指しにしてはかるから、その点非常にはかどります。

このように、純粋な日本人であっても、自分はそうであるという自覚のできていないものは、国内向きには使いようがないことがわかるでしょう。それでは、国外向きに使ったらどうなるか。外国からなにか大切なものを輸入しようとすると、必ずその国の文化がそれとともにはいってくる。ところが自覚できているものは、そんなものがはいってきても別にどうということはないが、自覚のできていないものは、いつもそちらを向いてよろめいてしまう。すなわち、外国向きにはなおさら使えないということになる。よろめいた結果、自国をダメだとし、外国をえらいとしてしまう。だから自覚をつけることは絶対に必要なことだと思います。

日本的情緒

新しく来た人たちはこのくにのことをよく知らないらしいから、一度説明しておきたい。このくにで善行といえば少しも打算を伴わない行為のことである。たとえば橘《たちばな》媛命《ひめのみこと》が、ちゅうちょなく荒海に飛びこまれたことや菟道稚郎子命《うじのわきいらつこのみこと》がさっさと自殺してしまわれたのや、楠正行たちが四条畷の花と散り去ったのがそれであって、私たちはこういった先人たちの行為をこのうえなく美しいとみているのである。

「白露に風の吹きしく秋の野はつらぬきとめぬ玉ぞ散りぬる」という歌があるが、くにの歴史の緒が切れると、それにつらぬかれて輝いていたこういった宝玉がばらばらに散りうせてしまうだろう。それが何としても惜しい。他の何物にかえても切らせてはならないのである。そこの人々が、ともになつかしむことのできる共通のいにしえを持つという強い心のつながりによって、たがいに結ばれているくにには、しあわせだと思いませんか。ましてかような美しい歴史を持つくにに生まれたことを、うれしいとは思いませんか。歴史が美しいとはこういう意味なのである。

死んだ人たちの例ばかりあげたが、別に死ななければならないというのではない。私の友人に松原というのがある。三高を一緒に出て京大の数学科にもともに学んだ。二年の初めに幾何の西内先生にヘルムホルツ＝リーの自由運動度の公理を教わって感動し（西内先生はそのとき「ナマコを初めて食ったやつも偉いが、リーも偉い」といわれた）リーの主著「変換群論」を読み上げるのだといって、ドイツ語で書かれた一冊六、七百ページ、全三冊のその本を小脇に抱え、かすりの着物に小倉のはかまをはいて、講義を休んで大学の図書館に通っていた。この図書室はみんなが勉強していて、その空気が好きだからといっていた。講義を聞きに通う私とは大学の中のきまった地点で出会うのだが「松原」というと「おお」と朗らかに答えるのが常だった。

この松原があと微分幾何の単位だけ取れば卒業というとき、その試験期日を間違えてしまい、来てみると、もう前日すんでいた。それを聞いて私は、そのときは講師をしていたのだが、出題者の同僚に、すぐに追試験をしてやってほしいとずいぶん頼んでみた。しかしそれには教授会の承認がいるなどという余計な規則を知っていて、いっかな聞いてくれない。そのときである。松原はこういい切ったものだ。

「自分はこの講義はみな聞いた。（ノートはみなうずめたという意味である）これで試験の準備もちゃんとすませた。自分のなすべきことはもう残っていない。学校の規則がどうなっていようと、自分の関しないことだ」

そしてそのままさっさと家へ帰ってしまった。このため当然、卒業証書はもらわずじまいだった。

理路整然とした行為とはこのことではないだろうか。もちろん私など遠く及ばない。私はその後いく度この畏友の姿を思い浮べ、愚かな自分をそのつど、どうにか梶取ってきたことかわからない。

当時、卒業免状をもらわないで数学を続けるのは相当困難だったに違いないが、その後杳《よう》として消息を聞かない。何でも、大変大きな漁師の息子だとかいうことだったから、郷里へ帰って魚でもとっているのかもしれない。

宮沢賢治に「サウイフモノニワタシハナリタイ」というのがあるが、このくにの人たちは社会の下積みになることを少しも意としないのである。つとめてそうしているのではなく、そういうものには全く無関心だから、自然にそうなるのである。このくにのすぐれた先達はここのところをつぎのようにみている。

「行仏の去就、これ果然として仏を行ぜしむるに、仏すなわち行ぜしむ」(道元)

「学ぶことは常にあり、席に臨んで文台と我と間に髪を入れず。思うこと速かにいい出て、ここに至りてまよう念なし。文台引き下せば即ち反故《ほご》なり」(芭蕉)

隣国の孔子の教えでは、善行といえば時のよろしきにかなうといった意味になるのではないかと私には思われる。そうするとこの二つの善行の意味は大変ちがっているように見えるが、実は原因と結果とのちがいにすぎない。このくにの善行がなぜ孔子のいっているような結果を生じることになるかというと、全く私意私情を抜くことができれば大自然の純粋直観しか働かないことになって、これは決して誤ることがないからである。

実践の面からみれば、このくにの善行はまことに手軽で便利であって、時の森羅万象を知りつくしてからでなければ一つの行為さえ行えないというような大仕掛なものではない。この間の事情を、このくにではつぎのようにいいあらわしている。

「正直のこうべに神やどる」

「目に見えぬ神に向いて恥じざるは人の心のまことなりけり」（明治天皇）

隣国で「大徳は生死を生死にまかす」といっているのも同じところを指したものである。もう一つ例をあげる。明治の終わりか、大正の初めの話だが、ある寺の奥さんが非常に高徳な上人のお話で、お浄土というよいところがあって死ねばそこへ行けると聞き、すぐに信じ切ってさっそく自殺しようとしたという。私はこれを聞いて、信じるということを初めて教えてもらったような深い感銘にすっかり打たれてしまった。この話に感動するのは私だけではないであろう。似て非なるものには全然こうした感銘はないのである。

明治天皇はご自身のことをいわれたのだと思うが、漱石先生にその頃のことを聞いてみよう。

聖天子上にある野ののどかなる
武蔵相模山なきくにの小春かな
菫ほどの小さな人に生れたし

何だか隣国の理想とする尭、舜の世を思わせる田園風景ではないだろうか。ただし明治の軍国主義を抜いたとしてであるが。

はじめの善行に戻ると、フランスのジイドは「無償の行為」ということをいっている。これはこのくにの善行と似ているようだが、大分違う。このくにの善行は「少しも打算、分別の入らない行為」のことであって、無償かどうかをも分別しないのである。

このような打算も分別もはいらない行為のさいに働いているもの、それが純粋直観である。これはまたこのくにの昔からのいい方では真智といわれる。ただ智力といってもよい。智力の光はたいていの人についていえば、感覚、知性、情緒の順序で上ほどよく射しこみ、下には射しにくい。一番下のこころの部分は智力が最も射しにくく、日光に対する深海の底のようなありさまにある。この智力が射さないと存在感とか肯定感というものがあやふやになり、したがって手近に見える外界や肉体はたしかにあるが、こころなどというものはないとしか思えなくなる。かようにして物質主義になるのである。私欲の対象である金銭や権力が実在すると固執するだけでなく、情緒とか宗教とかいったものを毛嫌いするのである。

智力に二種類の垢《あか》がまつわりついている。外側のものを邪智、または世間智、内側のものを妄智、または分別智といい、これに対して智自身を真智という。

胃が、あるいは歯が、ちくりちくりと痛み続けているとする。それが長く続くと、しまいには「自分の胃が痛くてたまらない」となるだろう。この「自分の」と「たまらない」という感じ方、これが習慣になって身についてしまうと、ついにはこうしか見られなくなってしまう。これが邪智の目なのである。大衆はこの邪智の目でものを見ている。いつの世でもそうであって、これが人心の機微といわれるものである。大衆のこころの不変の特徴は、ものの欠点だけが目につくこと、不公平が承知できず、また全くこらえ性がないことである。そして、悪いのは自分でなく他人だと思いこむことである。しかも邪智にはいくらでも悪質のものがあり得る。全く底が知れないのである。

つぎに内側の垢、つまり妄智であるが、私が三高の一年生で林鶴一著の「不等式」の問題を解いたとき、その序言に「人の頭の利鈍を分つには不等式ほど適したものはない」とあった。ところが、私は大小関係があることまではすぐわかるのだが、その下の、ではどちらが大きいのかというところからはさっぱりわからない。方角も同様で、方角があるというところまではすぐわかるのに、どちらが西で、どちらが東かはさっぱりわからず、街を歩いていても、一度店へはいって出ると、すましてもと来たほうへ戻っている。思い切ってこの下の部分を切り捨ててしまって、上の部分だけにするくふうをしてみると、ふしぎに思索の足が軽々と運べて、たいていの問題には困難を感じない。変だなあ、自分は頭が半分だけ生まれつき鈍なのかなあと思っていたのだが、後に気づいてみると、この切り捨てた下の部分が妄智、分別智だったのである。

大学三年のときのこと、お昼に教室でべんとうを食べながら同級生と議論をして、その終わりに私はこういった。

「ぼくは計算も論理もない数学をしてみたいと思っている」

すると、傍観していた他の一人が「ずいぶん変な数学ですなあ」と突然奇声を張り上げた。私も驚いたが、教室の隣は先生方の食堂になっていたから、かっこうの話題になったのであろう、あとでさまざまにひやかされた。ところが、この計算も論理もみな妄智なのである。私は真剣になれば計算はどうにか指折り数えることしかできず、論理は念頭に浮ばない。そんなことをするためには意識の流れを一度そこで切らなければならないが、これは決して切ってはならないものである。計算や論理は数学の本体ではないのである。

この垢が取れていくと、こころは軽々ひろびろとなり、何ともしれずすがすがしくなる。まるで井の中の蛙が初めて地表とかいうものの上に出たときのような気持である。

「夏蛙瀬戸の菜の花咲きにけり」（一茶）

私は三高のときよく歌った寮歌の一節を思い出す。「それ濁流に魚住まず、秀麗の地に健児あり」わざわざこんなことをいうのは、この平凡な一句が日本的情緒を端的にいいあらわしていると思うからである。私は奈良女子大に私の研究室を持っている。くにから何の援助も受けていないから何の制約もない。そこの唯一の規約は「世間を持ちこむな」ということであって、もちろん私も守らなければならない。ここはだから空気が澄んでいる。ここから眺めていると、世のさまざまの相まではわかっても、そのにごりの度合はよくわからない。

しかし、近ごろときどきあちらこちらに話をしに出かけるのだが、そうするとにごりの度に応じて疲労度がふしぎなほど違う。やはりにごりは単なる言葉ではなく、こんなにも実在するのだなとつくづく思う。感覚、知性、こころ、とだんだん深くなるほど真智の光が射しにくいといったが、いまのこのくにに六十人に一人本格的な精神病患者がいるとする。患者はだれがみてもぼやーっとしている。これは外界に関する意識がそうであるため、感覚に真智の光が射さないのだといえる。そうすると、どんなふうに教育してみても知性に真智の光が射さない者、つまり一皮むいたら病人だというのが十倍はいる。少なくとも六人に一人ということである。さらに一皮むいて、こころに真智の光の射さない者、こころではかったら病人だという者は、少なくとも六人に十人という妙な比率が出る。しかし私はまだその意味づけはしていない。数学はそこまでは手が回らないのである。ともかくこれがいまの世の姿であるという事実を為政者はぜひ知っていてほしいものである。このさい、ぜひいい添えておきたいことは、現在最も恐ろしいものは「動物性」であって、これは残忍性のビールスの最もよい温床だという事実である。

はじめにいったこのくにの人たちの善行であるが、これは、大自然からじかに人の真情に射す純粋直観の力なのである。このくにに古くからいる人たちにはこの智力が実によく働くのである。それはたび重なる善行によって、情緒が実にきれいになっているからである。新しく来た人たちも絶えずそう心がけておけばだんだんそうなっていくのであって、自分にできないから他にもできないなどと速断すべきではない。人の真情にさす智力がよく働きさえすれば、その人を枢要《すうよう》の地位に安んじておくことができるのである。

善行とは分別智のはいらない行為だといったが、私の祖父はこのことを十分よく知っていたと見えて、私の数えて五つの年から自分の死に至るまで、一貫して、「他を先にし自分を後にせよ」という道義教育を施した。また父は私を学者にするつもりだったから、私に中学の寄宿舎にはいるまで金銭に一切手をふれさせなかった。この効果はてきめんで、私は今日まで一度も金銭に関心を持った経験はない。このように、私たちより少し前の人たちは実によく善行の特質を知っていて、それが少しでもやりやすいようにいろいろくふうして家庭教育をしていたと思われる。このくにのありがたさは、ただそうしていればよいというところにあるので、哲学などいらないから、なかったのは当然であろう。そして絶えず善行を行なっていると、だんだん情緒が美しくなっていって、その結果他の情緒がよくわかるようになり、それでますます善行を行なわずにいられないようになるのである。これが古くからのこのくにのくにがらである。こうして日本的情緒ができ上がったのであって、この色どりはちょっと動かせない。春の野にはレンゲやタンポポもあるが、スミレもあるというようなもので、スミレに急にレンゲになれといってもそれは無理というものであろう。

この日本的情緒がくにの中身である。これが決まっているのだから、箱に相当する教育や政治はこれに合わせて作るほかないのである。私たちが幽遠の世から続いてきたこの美しい情緒の流れを悠久の後までも続けさせる使命を負っているのを考えるとき、いまは何よりも教育、特に義務教育が重大なものとして浮かび上がってくる。

くにがこどもたちに被教育の義務を課し、それを三十年続けてひどく失敗すれば、そのくには滅びてしまうだろう。ところでこのくにでは最近概算十年、新学制の下に義務教育の卒業生を出したが、これは明らかに大変な失敗である。顔つきまで変わってしまうほどに動物性がはいってしまい、大自然から人の真情に射す純粋直観の日光は深海の底のようにうすくされているからである。かつて毎日新聞に連載された「春宵十話」でもふれたが、戦後、女性の初潮が三年早くなったのも、人が人であるゆえんのもの、つまり「道義」を入れるのを忘れた結果、成熟が早められたとしか考えられない。しかし、本当は道義教育をこそ義務として課すべきではないだろうか。そして義務教育はそれだけで十分なのではなかろうか。

いまの義務教育はもう胃ガンと同じ症状を見せている。手遅れでないとはいい切れない。治療法としては、直ちに切開して「疑わしきは残さず」の原理によって「人」も「学科」も「やり方」も清掃してしまうほかはない。何よりもまず、動物性を持った者を教育者にしないことである。闘争性、残忍性、少しでもそんなものがあってはいけない。師弟は互いに敬愛すべきであって、大自然の子を畏敬尊崇できない者は小学校に師たるの基本が欠けているのである。ともかく人の子という敬虔の念なしにやっている者は、教師でも学科でもみな削り、残った者だけで教育をやればよいのである。極端なことをいうと思われるかもしれないが、少なくともこれぐらいにいわなければ問題の所在はわかってもらえない状態にある。

敬虔ということで気になるのは、最近「人づくり」という言葉があることである。人の子を育てるのは大自然なのであって、人はその手助けをするにすぎない。「人づくり」などというのは思い上がりもはなはだしいと思う。

さし当って教育をどう改めていくかであるが、経験から学ぶのが科学であるからには、暗中摸索するよりは、戦前に戻してそこから軍国主義を抜けばよいと思う。だいぶ以前だが、ある小学校の先生から「算術はこれまで演繹的に教えていたのを、近ごろ帰納的に教えなければいけないといわれているが本当でしょうか」とたずねられた。とんでもないことで、私たちの世代は、私にしても、中谷宇吉郎さんや湯川秀樹、朝永振一郎両君らにしても、算術を帰納的になんか習いはしなかった。その代わり、検算は十分にやらされたものである。数学教育に関する限りは、このころまで戻るべきだと思う。

動物性の侵入を食いとめようと思えば、情緒をきれいにするのが何よりも大切で、それには他のこころをよくくむように導き、いろんな美しい話を聞かせ、なつかしさその他の情操を養い、正義や羞恥のセンスを育てる必要がある。

そのためには、学校を建てるのならば、日当たりよりも、景色のよいことを重視するといった配慮がいる。しかし、何よりも大切なことは教える人のこころであろう。

国家が強権を発動して、子供たちに「被教育の義務」とやらを課するのならば「作用があれば同じ強さの反作用がある」との力学の法則によって、同時に自動的に、父母、兄姉、祖父母など保護者の方には教える人のこころを監視する自治権が発生すべきではないか。少なくとも主権在民と声高くいわれている以上は、法律はこれを明文化すべきではなかろうか。

いまの教育では個人の幸福が目標になっている。人生の目的がこれだから、さあそれをやれといえば、道義というかんじんなものを教えないで手を抜いているのだから、まことに簡単にできる。いまの教育はまさにそれをやっている。それ以外には、犬を仕込むように、主人にきらわれないための行儀と、食べていくための芸を仕込んでいるというだけである。しかし、個人の幸福は、つまるところは動物性の満足にほかならない。生まれて六十日目ぐらいの赤ん坊ですでに「見る目」と「見える目」の二つの目が備わるが、この「見る目」の主人公は本能である。そうして人は、えてしてこの本能を自分だと思い違いするのである。それでこのくにでは、昔から多くの人たちが口々にこのことを戒めているのである。私はこのくにに新しく来た人たちに聞きたい。「あなた方は、このくにの国民の一人一人が取り去りかねて困っているこの本能に、基本的人権とやらを与えようというのですか」と。私にはいまの教育が心配でならないのである。

自己とは何ぞ

自分というものは何だろうか。自分は本当に在るのだろうか。在ると思っているだけなのだろうか。

何場所か前、病気上りの横綱柏戸が全勝優勝して、柏戸無欲の勝利とほめられた。このとき柏戸は、酒を抑止しタバコを抑止して摂生に努め、土俵に上っては自分を意識することを抑止して、あの結果を収めたのだった。このように、自分を意識しなくても相撲はとれる。自分というものは、抑止して消すことができるものだといえる。してみると、自分というものが本来あるのではなく、自分というものがあると思っていることがあるだけだというのが正しいように思われる。

赤ん坊を見てみよう。私自身四月生まれだから、自分に例をとって四月生まれとすると、数え年で三つまで、つまり生まれて三十二ヵ月の間には、ふつうにいう自己、つまり「自分を意識しているということ」は見られない。これが童心の時期である。

といっても、ひとくちにいえばそうだということで、くわしく見れば、自分という意識は、生まれてから六十日くらいの子の目の中にすでに動いていることがわかる。

四つになれば、理性の原型と時空が出て、同時に運動の主体としての自分を意識するようになる。しかし自他の別はまだ意識できない。敬語の「御」という言葉をつけさせれば、自分につけたり他人につけたりする。五つになれば感情、意欲の主体としての自分を意識するようになる。ふつうに人が自分と思っているのは、これで自分という意識の根幹ができたわけである。そうするともう自他の別もはっきりつく。この自己を根幹として枝葉を添えたものといえる。だからこの後ふつうにしていれば、その人は絶えず自分があると思っているわけである。

ところが、大脳前頭葉の抑止力を適当に働かせると、その自分を消し去ることができる。そんなに簡単に消してしまうことのできる自分が、本当の自分であるはずはない。しかも、ふつう自分と思っているような自分を消し去っても、なお自分は残る。これが本当の自分だといえる。この自分を真我と呼ぶことにする。

これに対して、ふつう人がそう思っているような自分を、仏教では小我と呼ぶ。私たちの文化は誰かが最初につけた名前をそのまま残す習慣である。だからそのような自分を小我と呼ぶのが正しいであろう。小我を自分だと思うのは、前にいった無明という本能のためである。

しかし反面、私たちには欧米流の名称が耳慣れているから、欧米流にいい直した方がよく聞いてもらえるかもしれない。この小我は自我、無明は自我本能だといえる。自我本能はいっさいの本能の根源といわれているもので、これを抑止したり、働きの強さを弱めたりすることはできるが、取り除いてしまうことはとてもできない。何しろ、観音菩薩にすら根本無明は残っているといわれるくらいである。

自我を自分と思っていると、自分は肉体が死ねば死ぬものとしか思えない。また死に対する恐ろしさを必ず感じる。これに対して真我が自分だとわかると、悠久感が伴い、実際の季節の如何にかかわらず春の季節感が必ず伴う。この真我が、前にいった生命のことなのである。

自分を意識しないという具体的な例を話してみよう。私はある録音の校正に没入していた。ちょうどそれが終ったとき妻が障子を開けて「バナナ食べますか」とたずねた。私はしばらく返事ができなかった。言葉の意味はよくわかったので「お前はある果物を口に入れるか」と聞いているなと思ったのだが、それと自分とのつながりがわからなかった。それでは答えようがない。やっとそれが自分のことだとわかったから、とっさに「食べない」と答えた。ところがこんどは、自分のいった言葉が耳にはいると同時に、自分は食べたいのだとわかったから、前の答えを追うようにして「食べる」といい直した。そして、まるで第一反抗期だなあと思っておかしくなった。

第一反抗期というのは、数え年四つの中ごろにあって、その時期の子は何をいっても反対する。孫の場合をいうと、孫は女の子で「きのみ」というのだが、

「きのみ、たっちしなさい」

「まんみ（きのみのこと）たっちちないもの」

「こっちへいらっしゃい」

「いかないもの」

「きのみ、いい子ね」

「まんみ、あっぽ」

ちょっとこんなふうである。

これは、運動の主体である自分はわかるが、感情、意欲の主体である自分はわからないからこういうことになるのだということが、私にはこの経験によって初めてはっきりとわかった。私は校正との合一から離れた瞬間には、この第一反抗期よりもまだ前にいたわけである。

これが、数学の研究に没入している時となると、もっと奥へはいる。こんな時に声をかけられても、もじゃもじゃいっているとしか聞えないだろう。判断が働かないか

ら、響きと聞えるだけで、意味はわからない。そんなのは響くにまかせることにしている。以前こういうことがあった。電車のラウドスピーカーが何かいったとだけわかってから、三十秒もたって、「あ、いまのは、あれは、次は三日市町、といったのだ」とわかった。こんなふうである。

視覚の場合の例を一つあげてみよう。以前、女子大の数学教室が独立した建物になっていたころ、職員室は二階で、だれも時計を持っていなかったから、いま何時か知りたくなったら、いちいち下へ降りて入口にかかっている時計を見て来ていた。数学の問題に考えふけりながら時計を見に行くと、いろんなことがある。熱中ぶりのいちばんひどいときは、何をしに行ったのか忘れて、便所へ行って小便をして、そのまま上る。考え込み方のもう少し浅いときは、時計があることだけを見て上る。文字どおり時計を見てくるわけだが、これでは仕方がない。もう少し浅いときは針の位置だけを見て、それを記憶する。部屋へ戻ってから、どちらが長針、どちらが短針とだいたい推理して、それで何時何分かわかる。このときは記憶だけして、あとで大脳前頭葉を使って判断するわけである。いちばん浅いときは、時計を見てその場で時間がわかる。そしてこのときは、何のために時計を見たかも、ちゃんとわかっている。大脳前頭葉による判断がずっと働いているわけである。

こういうふうに、私は大脳前頭葉を働かせなければ判断できないように訓練されているので、数学に没入しているときは、それ以外の外界の景色などが目にはいろうとはいるまいと、全然無関心になっている。完全な精神統一が行なわれ、外界と私との交渉は、判断の前で断ち切られているといえる。そしてこのときには、のどかな春のような喜びが伴い、いろいろなことがわかってくる。これが情操型の発見なのである。

これでわかるように、私は数学の研究に没入しているときは、自分を意識するということがない。つまりいつも童心の時期にいるわけである。そこへ行こうと思えば、自我を抑止すればそれでよい。それで私は、私の研究室員に「数学は数え年三つまでのところで研究し、四つのところで表現するのだ。五つ以後は決して入れてはならない」と口ぐせのように教えている。

私は大学を出てから四十年近く数学の研究をつづけているのだが、どのようにして数学をして来たかをひとくちにいうと、自我を抑止することによって大自然の無差別智の働くにまかせたのだといえる。大自然というのは、ふつうにいう自然の奥にあるもの、いわば「奥行きのある自然」のことである。だから、ふつうの自然というのは大自然の上っ面《つら》にすぎない。無差別智というのは、行住坐臥いつも働いているのに、それが働いていることがその人にわからない、そういう智力である。そして智には知、情、意がすべて含まれている。

ここで無差別智を説明しておこう。無差別智の意志的内容は強靭《きょうじん》な意志力である。たとえば、運悪く大岩の上に落ちた松の実が、少しずつ硬い岩の中に柔らかい根を下していって、終には、さしもの大岩を割って大地に太い根を下すような力である。

無差別智の情的内容は心の悦びである。これがなければ、心がひもじくて、とうてい研究は続けられない。

無差別智の知的内容は純粋直観である。純粋というのは、五官を通さないという意味である。ポアンカレーが、ふしぎな知力として『科学の価値』の数学上の発見の章で述べているのはこの知力のことである。

自我を抑えて無差別智を働かせている時には真我があらわれる。私についていえば、数学の研究に没頭している時は、私は生きものは決して殺さないし、若草の芽もみな避けて踏まない。だから真我の内容は慈悲心であることがわかる。私はこれを数学の研究によって体験したのだが、真、善、美、どの道を進んでもみな同じだと思う。

ここでいっておきたいことがある。本来の日本人は自我を自分だとは思っていないが、欧米人は自我を自分だとしか思えないらしい。だから自分たちのしていることに対して自覚は持っていないらしいのだが、していること自体は実に正しくしている。たとえばブラックのデッサン集を見てもわかるように、童心の境地に身を置いて、実に楽しんで、実に丹念に描写している。他の芸術や学問についても同じことがいえる。

私は、自我抑止のこのやり方はギリシャ人が発見し、欧米人がこれをよく受け継いで、これによって今日の文明を開いたのだと思う。日本は明治以後欧米の文化を熱心にとり入れたにもかかわらず、その源であるこの精神統一法はまだよく取り入れていないように思われる。これは仏教の精神統一法とは、源は同じだが、別のものであって、結果は仏教のように完全ではないが、その代り非常に速くできると思う。私たち日本人は、この二種類の精神統一法を持つのがよいのではないだろうか。

大脳皮質部を二層に分けて、上層を新皮質、下層を古皮質という。このうち、人の人たるゆえんのところは新皮質であり、古皮質はサルなどとあまり違わない。この古皮質は欲情の温床だといわれており、獣類の場合には欲情が度を越さないように自動調節装置があるけれども、人にはこの装置がない。本能についても同じことがいえる。だから、人が欲情や本能を調節するには、大脳前頭葉の抑止力を自由意志によって働かせるほかはない。これが前世紀来の医学的定説である。

もし人がその自我本能を全然抑止しなかったならば、欲情や本能がその人を支配してしまう。しかも節度がないから、獣類よりも一層悪いものになる。いましているように、自我はお前の主人公だから、大切にして、そのいうとおりにせよ、と教えていると、百八煩悩や五情五欲がいくらでもはいりこんで、その自我をふくらませるから、際限なく悪いものになり得るわけである。

いまの日本の教育のやり方は、デューイーの学説を基礎にしているといえる。そのデューイーは、判断は快、不快によってせよといっている。ところが、この不快感であるが、たとえば便所の臭気、街を走る車の騒音、チクリ、チクリ、チクリと少し間を置いて軽い痛みが長く続くために起る歯痛、胃痛などの耐え難さ、不作法な客と長く対坐している時に起る耐え難さ、これらはいずれも自我が感じる嫌悪感であって、自我本能を抑止して自我さえ消し去れば、ごく簡単に消えてしまうものなのである。

他人の欠点がすぐ目につくのも嫌悪感のなせるわざで、こんな人を「小人」という。このように、快、不快による判断は自我の判断である。もし少しも自我本能を抑止しないで快、不快によって判断すれば、それは獣類の判断でしかない。

応分に自我本能を抑止して、しかるのちにする感情的判断が、人の感情的判断だといってよい。この時は快、不快ではなく、心の悦びの有る、無しが基準になる。そして心の悦びの強さは自我を消し去る程度によって違う。こういった人らしい判断に習熟させるのが教育の使命なのではないか。

終戦までは国家主義だったから、各人は国を先にし、自分を後にしていたのであって、自我本能の抑止は相当よく行なわれていたといえる。これに対して戦後は、法律が改められて個人主義的となり、法律の各人に課する制約は二歩も三歩も後退した。だから各人はこれに代って、自由意志による自我本能の抑止を二歩も三歩も前進させなければ、そこに大穴があいてしまって、どんなものでも心の中へ通り得るようになったわけである。

建前を改めたその時からそうなっていたのだが、初めは環境が防いでいたのだろう。その割に人の心が汚れなかったように思われる。しかし時がたつにつれて、環境もしだいに同調したのだろう。だんだんひどいことになってきた。これには大新聞にも相当責任があると思う。

これは私の友人から聞いた話で、友人はそのまた友人の、大阪市のある中学校の先生から聞いたのだが、その先生は自分の学校の生徒たちについてこういっている。

近ごろの中学生は先生に親しみを持たない。生徒相互も少しも親しみを持ち合わない。各人が孤立して競争し合っている。成績の良い生徒たちは、競争相手が病気になれば喜ぶ。その母も喜ぶ。相手が死ねばよいなどと、母子とも平気でいう。子供は夜、家でテレビも見ないで勉強している。母は別室でテレビを見ている。翌朝子供が学校へ行くため家を出ようとする時、母はテレビの筋書きを教える。子供は学校へ行って相手にその筋書きを、さも自分が見たかのように話す。相手は安心して、その夜は自分もテレビを見る。子供はそのすきに、自分だけ勉強する。

生徒たちは親しみは持ち合わないが、集団は作るらしい。生徒たちが群がっている前を女の先生が通ると「先生べっぴんやなあ」「わしは先生が好きや」など、口々にいう。近ごろの生徒は本当に何だか恐ろしくて、ぼくでさえ近寄れない……と。

こんなふうである。まさしく修羅道的情景である。身体にたとえると、温い血が全く通わないのだから、ひどい心臓病といえる。心の悦びが感じられないのは、なるほど当然である。またそれは修羅道の特徴といわれているものなのである。

人の多い所で競争させるのはよくない、ということぐらいは自明に近いと思われるのに、どうしてそういうわかりきったことが初めからわからないのだろう。ここまで来ればもう一刻も捨てておけないと思う。その対策として、大学が卒業証書を出すことを法律で止めてもらえないだろうか。大学を卒業する資格があるかどうかは本人が一番よく知っているはずである。大学当局がこれに干渉するのがすでにどうかと思う。それを宣伝用の卒業証書まで出すから、はかり知れない弊害が出るのだ。だから国家はこれを禁止する法律を出して、違反した場合、体刑を以て臨んでほしい。これだけでも入試の競争はずっと力弱いものになってしまうだろうし、他の諸弊害も時をかせば解消できると思う。

全国的にみて、中学生の三割は非行少年だという。私の想像では、その一半は生後三十二ヵ月ほどの家庭的環境に、愛や信頼のとぼしかったことに起因しているのではないかと思うが、他半は家庭教育や義務教育が自我本能の抑止を教えなかったのが原因ではなかろうか。

これを治すにはどうすればよいか、まだよく研究していないのだが、とりあえずいってみよう。童心の時期の家庭的環境に起因する非行少年に対しては、人の持つ最高のものである愛と誠実を以て、長期間にわたって接し続けるほかないのではなかろうか。自我本能を抑止し足りなかったのに起因する非行少年は、情緒の濁りが畜生、修羅、餓鬼、地獄の四悪道のどれかに傾いており、心が病んでいるのだといえる。心の病は肉体の病よりも遥かに治しにくいと昔からいわれており、もし本当に病んでしまっていたら、肉体が死んだぐらいではとうてい治らないというほどだから、これを治すには、絶えざる細心の注意と、強靭な意志を以て、長期間にわたって徐々に治してゆくほかなかろうと思われる。また、これは癖であって、癖はもう治ったかと思っているると、またしても出る。そしてその頻度がだんだん減っていって治ってゆくというものなのだから、再犯をやかましくいったりするようでは、とうてい治せない。

こんなにむずかしいものなのだから、非行少年の大部分は結局法務省の手に渡るのではないかと思う。どんなふうに治しているのか、一度見せてほしいものだが、法務省の手ではほとんど治せないのではあるまいかと危ぶまれる。

そうすると、この情勢がこのまま六十年も続いたと考えると、国民の三割が刑務所暮しということになる。町を三つに分けて、その二つには普通の人が住んでいるが、残りの一つには罪人が住んでいることになるわけである。いったいそのような町の姿を、想像することができるだろうか。これはもう「国として外国に対して不体裁」どころのさわぎではない。

非行少年については、理性的にいえば（仏教的にいえば別だが）責任は家庭か学校かが持つべきで、本人には責任がないのが一般の場合かと思われる。そうすると、この国がこんなことをしたことになる。こんな国をどう名づけたらよいのだろう。

ここに一人の非行少年があると思ってほしい。これを治すことがどんなにむずかしくても、治せるかどうかわからなくても、ぜひ治さなければならない。めいめいが勝手なまねをしてよいというのではなく、だれ一人として踏みにじられることのないようにというのが民主主義の本義なのだから。

なるべく親たちと先生たちの手で治してほしい。一人を治してみて、どんなに治しにくいか、実際にわかったら、そして人々がそれを聞き知ったら、それを重ねていくうちに、だんだんいまのように心を軽視しないようになるだろう。

だれ一人踏みにじられることのないようにという建前で教育をやっていこうとすれば、もっともっと先生の数を増さなければならないのではないか。今の二倍プラスX

にしてほしい。子供たちの心を大切にする先生に限るのはいうまでもない。同じ国家でも、軍国主義の国家と民主主義の国家とでは、義務教育がその一員を作るのにかかる手間がまるで違う。そのことがもっと考えられてよいのではないか。

近ごろの学生は男女共、とくに女性がそうなのだが、まるで合言葉のように「ファイトと忍耐とによって」という。ところで人の家庭は、キツネのねぐらや鳥の巣と違って、家庭に限らず人の場合はいつもそうであるように、そのつもりになって作りあげてゆかなければ自然にはでき上らないのだが、こういう一対の男女が新家庭を持つとどういうことになるだろう。

「ファイトと忍耐とをもって」というのは、たとえば女性の場合どういう意味になるだろう。夫の理想に戦意を燃やして立ち向い、その根強い抵抗を歯をくいしばってこらえて、自分の理想とする家庭を作りあげようとするだろう。彼女にはそれが一番夫にとってもよいことだとしか考えられないのだから。夫もまたこれと似たりよったりのことをするだろう。アメリカ人、正しくいえば北米合衆国人は、よい家庭を作ることにかけては、世界でもよほど下手な方だが、何だかそれとよく似たことをしているように見える。それでもまだ、アメリカ人の場合は理性という共通の場を持っているようである。この大脳前頭葉の働きの有る、無しは、非常に大きな違いだといえる。

日本のは、

木曾殿と背中合せの寒さ哉（蕉門）

よい家庭が作りたければ、それこそ「ファイトと忍耐とによって」自我本能を抑止し合わなければならない。これを続けていると、二人を隔てている自他の別がだんだんとれていく。これは、あると思いこんでいるために仮りにあるにすぎない隔てなのだから、二人共そうし続けておれば、だんだんとれていくに決まっている。それと共に、よい家庭が自然にでき上っていくわけである。そうなればこの二人は、人の世に夜ごとの憩いの場所も、嵐の日の避難の場所もできたことになる。だいたい私は、恋愛の大義名分は自己犠牲であって、自己主張ではないと思っている。だから歴史上では弟橘媛命《おとたちばなひめのみこと》、小説中では『それから』の三千代が好きなのである。

私の生涯というアルバムにただ一枚しか貼られていない「印象」を話してみる。すでに二、三度どこかで話したことがあるが、何しろほかにこれに代わるものがないので、その必要があると、いつもこれを見てもらうより仕方がない。

一九二九年の晩春、私は日本を発ってフランスへ渡るため、インド洋を船で回る途中、シンガポールで上陸して独りで波打際に立っていた。

海岸には高いヤシの木が一、二本ななめに海に突き出ていて、ずっと向うの方に床の高い土人の家が二、三軒あるだけの景色だった。私は寄せては返してうまない波の音に、聞き入るともなく聞き入っていたのだが、不意に何とも名状しようのない強い懐しさの気持にひたってしまった。これが本当の懐しさの情なのだといまでも思う。土井晩翠が「人生旧を傷《いた》みては、千古替らぬ情の歌」とうたったのも、この気持にほかならない。

この強い印象こそ、歴史の中核は詩だということを、また詩というふしぎな言葉の持つ内容の一端を、一番明らかにしてくれているのではなかろうか。私にはそう思われる。この中核を包む歴史の深層は、美しい情緒のかずかずをつらねる清らかな時の流れであり、そして私はごく幼いころ、私の父からそれを教えられたように思う。

こころみにその美しい情緒のかずかずをあげてみると菟道稚郎子《うじのわきいらつこ》、弟橘媛命、聖徳太子、山背大兄皇子、北条時宗、楠父子、東郷元帥、清宮大尉《せいみやだいい》、能富大尉《のうとみだいい》。

これらの情緒の彩りを子細に見て、歴史の中核に分け入ると、私には日本的情緒というものがわかってくるような気がする。言葉でよく説明はできないが、日本的情緒は真我的であるということだけはいっておきたい。私は、人の情緒を日本的な彩りに染め上げるには、ずいぶん長く、最少限十万年くらいはかかるのではないかと思っている。

真我を自分と思っていると、この一生が長い向上の旅の一日のように思われる。こう思ってやれる人はぜひそうしてほしいものである。

宗教について

太平洋戦争が始まったとき、私はその知らせを北海道で聞いた。その時とっさに、日本は滅びると思った。そうして戦時中はずっと研究の中に、つまり理性の世界に閉じこもって暮した。

ところが、戦争がすんでみると、負けたけれども国は滅びなかった。その代わり、これまで死なばもろともと誓い合っていた日本人どうしが、われがちにと食糧の奪い合いを始め、人の心はすさみ果てた。私にはこれがどうしても見ていられなくなり、自分の研究に閉じこもるという逃避の仕方ができなくなって救いを求めるようになった。生きるに生きられず、死ぬに死ねないという気持だった。これが宗教の門に入った動機であった。

戦争中を生き抜くためには理性だけで十分だったけれども、戦後を生き抜くためにはこれだけでは足りず、ぜひ宗教が必要だった。その状態はいまもなお続いている。

宗教はある、ないの問題ではなく、いる、いらないの問題だと思う。

宗教と理性とは世界が異っている。簡単にいうと、人の悲しみがわかるというところに留まって活動しておれば理性の世界だが、人が悲しんでいるから自分も悲しいという道をどんどん先へ進むと宗教の世界へ入ってしまう。そんなふうなものではないかと思う。いいかえれば、人の人たる道をどんどん踏みこんでゆけば宗教に到達せざるを得ないということであろう。

大学生のころ、宗教に熱心だった叔母から、ある洋服屋さんが「世の中にはなぜこうも悲しい人や悲しい事が多いのだろう。それを思うと自分はまことに悲しい」といったという話を聞いて「この洋服屋さんは実に宗教的な素質がある。自分などはとてもこんな感じ方はできない」と思った経験があるが、人の悲しみがわかること、そして自分もまた悲しいと感じることが宗教の本質なのではなかろうか。キリストが「愛」といっているのもこのことだと思う。

芥川竜之介は「きりしとほろ上人伝」の中で、キリストを背負って嵐の吹き荒れる河を渡りながら上人が「お前はなぜこんなに重いのか」とたずねたとき「自分は世界の苦しみを身に荷うているのだ」とキリストに答えさせている。芥川は的確にキリストの本質をついていると思う。前へ進むのに謙虚さでいく人と理想追求でいく人とあるとすれば、芥川は後者で、謙虚さよりも理想が勝っていたが、人物評論は随分よくできる人だった。また、彼は釈迦についても「沙羅のみづ枝に花さけば悲しき人の目ぞ見ゆる」といっている。

「観音大悲」というのはただ悲しいのである。仏像でも、伎芸天や笛吹童子は芸術的にすぐれていても悲しみはあらわれていない。しかし、百済観音や三月堂の月光菩薩は悲しみの重さを十分知っているという目をしている。

宗教と宗教でないものとの違いは、孔子と釈迦やキリストをくらべればはっきりする。孔子は「天、道を我に生ず」といっているが、この「天」は「四時運行し万物生ず」といった大自然の行政機構のことである。また「仁」については説けず、ただ理想として語り得たにすぎない。孔子の述べたものは道義であって、宗教ではなかったといえるだろう。

またキリスト教の人たちでも、たとえば安部磯雄、賀川豊彦といった人が世の悲しみをなくすためにいろいろな活動をした。それはもちろん立派なことに違いないが、それ自体は理性的な生き方であって宗教的な生き方とはいえないのではないか。こうした奉仕的な活動は、おおらかに天地に呼吸できるという満足感を与えるけれども、それは理性の世界に属することだと思う。いまも普通は宗教的な形式を指して宗教と呼んでいるようだが、これは分類法が悪いのだという気がする。

理性的な世界は自他の対立している世界で、これに対して宗教的な世界は自他対立のない世界といえる。自他対立の世界では、生きるに生きられず死ぬに死ねないといった悲しみはどうしてもなくならない。自と他が同一になったところで初めて悲しみが解消するのである。

人の世の底知れぬさびしさも自他対立自体から来るらしい。その辺のところを芥川はよく知っている。「秋深き隣は何をする人ぞ」の句をとらえて彼は「茫々たる三百年、この荘重の調べをとらえ得たものは独り芭蕉あるのみ」と評している。この考えをふえんして自分で創作を書いたのが「秋」の一編である。ここには芭蕉ほどの荘重の趣きはないが、その代わりシャボン玉に光の屈折するような五彩のいろどりが出ている。そうして人の世のはかないあわれさが非常にきれいに描かれている。自覚してそれを描いたという部分が特によい。芥川もこれに非常な自信をもっていたことが書簡集を読んでみるとよくわかる。とりわけ、原稿がまだ活字になる前に何度も編集者の滝田樗陰に手紙を送って訂正しているが、その訂正のしかたが実におもしろい。

漱石も人の世のあじきなさを描こうとしたのに違いない。漱石の意図がどこにあったにせよ、「明暗」にはそれがよく出ている。人の世のさびしさ、あじきなさを何かのきっかけで自覚すると、自他対立の理性的世界であること自体からそのさびしさが来ていることがわかり、ここから救われるためにみな宗教の世界へ来ている。

宗教の世界には自他の対立はなく、安息が得られる。しかしまた自他対立のない世界は向上もなく理想もない。人はなぜ向上しなければならないか、と開き直って問われると、いまの私には「いったん向上の道にいそしむ味を覚えれば、それなしには何としても物足りないから」としか答えられないが、向上なく理想もない世界には住めない。だから私は純理性の世界だけでも、また宗教的世界だけでもやっていけず、両方をかね備えた世界で生存し続けるのであろう。

義務教育私話

私には日本民族はいま絶滅のがけのふちに立っているようなものとしか思えない。それだけでなく、世界的にみても、人類は葬送行進曲を続けてやめないようにしか見えない。

そんな状態でなぜ教育のような迂遠なことを話すのかと思われるかもしれないが、この危険状態から脱するにはよく教育するしかないのである。というだけでなく、日本の危機もまた教育、特に義務教育から来ている。少くとも私にはそうとしか思えない。それで「この轟々《ごうごう》たる響きのさ中で、小声で小さい人たちの教育のことを話そう」と試みているわけである。

私の教育に対する研究は、十数年前奈良女子大へ来て初めて女性を教え始めたころからだが、現状はまだ私自身を尺度にとってしかお話しできない。よい協力者が得られなくて他の尺度がまだできていないためで、やむを得ず私を尺度にとる。しかし尺度にとるとは、大自然が人の子を育てるその育て方を自分によって見るということであって、決してそれ以上には出ないよう心がけているつもりである。

私は一九〇一年四月十九日に生まれ（しかし父は三月生まれと届け出て、七つから小学校にやらせた）中学校の入学試験に一度落第して高等小学校一年から中学に入り、中学五年から高等学校に入って大学を出た者である。年は例外なく数え年でいうことにする。

まず一、二、三歳は大自然がもっぱら情緒つまりこころを育てる季節で、四歳では時空を教え、五歳で自他を教え、六歳で集まって遊ぶことその他のおもしろさを教える。ここまでの家庭教育について述べてみたい。

私は一、二、三歳では母が愛と信とを教え、四、五、六歳では父が信と欲とを教えて道義の根本をしつけるとよいと思う。

一、二、三歳の幼児はどうして物心両面の森羅万象を学びとるのだろうか。それは「見る目」でなく「見える目」で見るのである。幼な児のくもりのない瞳をみると、万象のほうから幼な児の真情にとびこんでくるのがよくわかる――「自己をはこびて万法を修証するを迷とす。万法すすみて自己を修証するはさとりなり」（正法眼蔵）。幸い大観の名作「無我」が東京の国立博物館にあるから、行ってでも版画ででもごらんになれば、道元禅師が「たとえば東君の春に遇うが如し」といっているゆえんがなるほどとうなずかれると思う。

そこでこの時期に母は子に信をどう教えるかといえば、信頼を裏切らないようにすればよいのである。母親が三つくらいの女の子の手を引いて奈良のいちばんにぎやかな三条通を歩いている。幼児はひどくはしゃいで、物珍しげに方々を見回している。それは幼児の右手がその母の左手をしっかりと握っていて、そのため安心しきっているからである。と突然、向い側を母の目上の知人が歩いてくるのに出会う。母は急いでその子の喜びの源泉であったその大切な左手を振り切って、見返りもせずに向い側に渡り、ていねいな紋切型のあいさつを、通る人におかまいなしにゆっくりと交し合う。取り残された女の子はその場にうずくまって、火のついたように泣き出す。こういうのを信頼を裏切るというのである。それ以後は、知った人に会うたびに、女の子は手を振り切られはしないかとびくびくするようになる。

四つ以後は「見える目」が真智でなく垢質がまじって妄智の目となり、さらに動物的な本能としての「見る目」が発達する。それで父の教育もやりにくいわけだが、何よりも言行の一致によって幼児の信をつちかう必要がある。やはり信頼を裏切ってはならないのである。父の教えるべき欲が、もちろん私を取り去った向上欲、救済欲でなければならないのはいうまでもない。

いま、大自然が人の子を作って育てるやり方をみると、大きな分線を二本引くことができ、それによって人の子の教育は三つの季節に分けられると思う。その季節が過ぎた後に世話をしてもむだであるのは、植物や昆虫と同じである。それも世話が遅れるのはまだよいので、早すぎると植物なら枯れてしまう。せっかく大自然が時間をかけて十分ていねいに用意しようとしているところを、ただ急いで、粗雑に、ごまかしてしまうのはまことに危険だと思う。

その分線というのは一つは六歳のときで、第一次的に記憶力が頂点に達し、これに伴って第一次的知的興味が動き出す。いま一つは中学三年および四年で、第二次的に記憶力が頂点に達し、また第二次的知的興味が動き始める。この二つの時期の記憶力は質的にかなり異っており、簡単にいえば第一次的のは自然的・永続的記憶力であり、第二次的のは精神統一による一時的な記憶力だといえる。また自覚される「自分」というものの数も、三期に分けて、六歳までが0、七歳から中学五年ぐらいまでが1、それ以後が2およびそれ以上となる。

そこで六歳のところを見てみよう。ここは遊ばせておくには全く惜しい時期である。昔、寺子屋で論語の素読をやらせたのもこの時期だと思うが、自然的永久的記憶力は実に驚くばかりである。だからごく大切なもの、ごく美しいもの、ごく口調のよいもの、たとえば美しく書かれた歴史、藤村や晩翠の詩、それもできるだけ長いものを覚えさせればよい。また喜んで覚えるに違いない。

私は六歳のとき、近親の中学生と同じ部屋に寝たことがある。そのとき中学生は、開立の九々をくり返しくり返しとなえていた。私はそれを子守唄にして寝てしまったのだが、それだけで開立の九々を記憶してしまい、今でもすらすらいえる。そのころ算術といえば、漢字の「九」という字を一字知っていただけであった。

第一次知的興味の動き始めとしては、たとえば「ここにどうして坂があるの」というような質問をする。それを「何です、この子は。ばかなことをいって」とこころない母が一喝《かつ》の下にその芽をふみにじってしまうのをよく見かけるが、こんなことはしてはならない。

次にこれに続く小学校時代について、私の経験のうちの大切と思われるものをとり出してお話ししよう。

私は大阪市で生まれ、三つまでここにいて四つからは郷里の和歌山県で育ち、小学二年の一学期にまた大阪市に移り、六年から再び郷里の小学校へ帰った。小学一年のときは二年生と二組いっしょに同じ教室で同じ先生に教わったが、いま述べたように算術は字もろくろく知らないのに開立の九々をそらんじていたため、二年生のものまでまことにたやすく、つまらなくさえ思えた。

読本は、これも親戚で中学に行っていたのが多かったため、字は知らなかったがいろいろなことを聞きおぼえで知っていた。それであるとき、「ダ」のつくことばをいえという二年生の問題を聞いて「ダイヤモンド、ダイナマイト」というと、みなふしぎそうな顔をするのを、先生はあれは玉と薬の名だと説明され、私は大得意でそれを聞いていた。

そのころの関心事はもちろん遊びであった。それも土地土地で四つか五つくらいに分れてよくけんかになるのであった。私は長いひものついた袋に本を入れて背中にかついでいたのを、本を出して石を入れて振り回したり、帯革をさかさに、つまり金具のついたほうを先にして振り回したりした。石もよく投げた。

家でよく遊んだものには箱庭作りがあった。私の家は峠の上だったから井戸を掘ってもなかなか水が出ず、そのため深い林から水を引いて飲料水に使っていた。竹の樋を松などで作ったまくら木に差し込んであったが、水が洩れてまくら木の下に自然の水流ができていた。そのおかげで箱庭が作りやすかったのである。山もはげ山が多く、小さな枝ぶりの木ばかりだったので、それを心でひいていっては植えていた。私はこれがとても好きだったらしい。おもしろい枝ぶりの木があると、覚えておいて、これはあそこに植えようというふうに頭の中で箱庭をたえず作り変える。それが何より好きだった。木を見ても箱庭のどこに植えられるべき木だろうとして見ているのだが、この天性は、私の今の数学の研究法と本質的に同じもので、心の中に数学的世界を創るということにまで通じている。してみると、やはり人の天性は随分小さい時からできるのだと思わざるを得ない。数え年四つごろの写真が残っているが、それを見てもいかにも箱庭遊びが好きになりそうな目付きで、禅でいえば「法器」である。

小学校五年生のころは阪神間の打出から大阪市内の学校に通っていたが、学校から阪神電車の乗り場までの途中に箱庭に使う小さな家や橋などを売っている店があった。いつもこの店を横目でながめながら通うのが楽しみだった。今でも私は箱庭が作りたい。ショーウインドーに箱庭を飾っているめがね店が奈良の町にあるが、この店の前を通るといつも箱庭が作りたいなあと思う。

二年生で大阪へ移ってからは、まずことばで苦しめられた。父が標準語を教えておいてくれたので、それを使ったらさっそく「江戸っ子」とあだ名をつけられてしまった。当時はそれをいわれるのが何よりいやだった。夏休みに帰郷してセミとりやキリギリスとりにあんまり夢中になったため、大阪へ帰ったときにどうしても肯定することばの「そうお」のアクセントが思い出せず、仕方がないからしばらくは「うそお」といって否定ばかりしていた。もちろんその間に心の中で必死にアクセントに出会わないかと思っていたのだが、随分変な会話だっただろう。

「江戸っ子」といわれると必ず腹が立ってしんぼうできないのだから、けんかの絶え間はない。いつも一対何人かである。仕方がないから例の帯革を逆手に持って振り回した。

次に困ったのは教室でも速さの問題である。だいたい反応速度がだいぶ違う上に、ここのはともかく「ヤー、ヤー、ヤー」(どういう意味だろう)とか「セン、セン、セン」(先生という意味)とかやかましくいいながら手を上げてリズムをとって動かし、そうしながら先生が当てて自分がおもむろに立ち上がる間に考えるというやり方だった。手は早く上げるほどよいことになっていたわけだが、私にはなかなか手を早く上げる機会がない。当分は全く圧倒されてしまっていた。

まあこんなふうで、一、二年生で何をどう教わったのか、まるで知らない。ただいえることは、社会などというこましゃくれたものは全然なく、算術も歯切れのよい、小気味のよいもので、しちめんどうくさい、いじいじしたことは一切なかったということである。

三、四年生になると、学校で何を教わったかは相変らずわからないが、学校外のことはだいぶんよくわかる。非常に大切な年ごろだと思うから一番大切な点をお話ししよう。

そのころ読んだ物語で忘れられないものに「魔法の森」というのがある。これは巌谷小波さんの何かを記念してお弟子さんたちが博文館から出した「おとぎ花籠」にあったもので、今でも大好きである。本はずっと前になくしたままだが、できるだけくわしく話そうとしてみよう。

森のこなたに小さな村があって、姉と弟が住んでいた。父はすでになく、たった一人の母もいま息を引きとった。おとむらいがすむと、だれもかまってくれない。姉弟は仕方なく、森を越えると別のよい村があるかも知れないと思ってどんどん入っていった。これこそ人も恐れる魔法の森であることも知らないで。

ところが、行けども行けどもはてしがない。そのうち木がまばらになって、ヤマイチゴのいちめんに実をつけている所へ出た。もうだいぶおなかのすいていた姉弟は喜んでそれをつんだ。ところが、この天然のイチゴの畑に一本の細い木があって、その枝にきれいな鳥がとまっていた。姉弟がイチゴを食べようとするのを見て「一つイチゴは一年わーすれる、一つイチゴは一年わーすれる」とよく澄んだ声で鳴いた。姉はそれを聞いてイチゴを捨て、食べようとしている弟を急いで引きとめた。しかし弟はどうしても聞かないで、大きな実を十三も食べてしまった。それで元気になった弟は、森ももうすぐ終りになるだろう、ぼくがひと走り行って見てくるから姉さんはここで待っていてほしいというや否や走り出して、そのまま姿が見えなくなってしまった。

いくら待っても帰って来ない。そのうちに日はだんだん暮れてくる。この森の中で一晩明かすと魔法にかけられて木にされてしまうので、小鳥は心配して、さっきからしきりに「こっちいこい、こっちいこい、こっち、こっち」と鳴き続けているのだが、姉は、「いいえ、ここにいないと、弟が帰って来たとき、私がわからないから」といって、どうしてもその親切な澄んだ声の忠告に従わない。

一方、弟の方は、間もなく森を抜ける。出たところは豊かな村で、そこの名主にちょうど子がなく、さっそく引き取られて大切に育てられた。ところがそれから八年過ぎ九年過ぎ、だんだん十三という年の数に近づくにつれて、何だかこころが落ち着かなくなっていった。何か大切なものを忘れているような気がして、どうしてもじっとしていられず、とうとう十一年目に意を決して養父母にわけを話し、しばらく暇を乞うて旅に出た。

それからどこをどう旅したろう。ある日ふと森を見つけ、何だか来たことのあるような所だと思ってしばらく行くと、イチゴ畑に出た。この時がちょうど十三年目に当っていたため、雷にうたれたようにぱっとすべてを思い出し、姉が待っていたはずだと急いで探す。すると、あのとき姉が立っていた所に一本の弱々しい木が生えている。弟は、これが姉の変り果てた姿かと、その木につかまって思わずはらはらと涙を落した。

ところが、そうするととたんに魔法がとけた。姉は元の姿に戻り、姉弟は手を取り合ってうれし泣きに泣く。小鳥がまた飛んで来て「こっち、こっち」と澄んだ声でうれしそうに鳴く。こんどは二人ともいそいそとその後についていって森を出る。養父母も夢かと喜び、その家で姉弟幸福に暮す——という物語だった。

この物語全体が一種のふん囲気に包まれていると感じられるでしょう。私には、十三年に近づくに従って大切なものを忘れている気がして、という心の状態、その情緒というものが強く印象に残って、いつまでも色あせない。こんなにはっきり懐しさという一番大切な情緒をはっきり表現した文学は他には見たことがありません。そしてこの情緒がなければ、理想を描くこともできないのであること、今更言わなくてもと思う。

ファーブルは、昆虫に本能あらしめている自然の叡智ははかり知れぬほど深いといっているが、人の子に理想あらしめている大自然の叡智が既にもっとはかり知れぬものではなかろうか。それは叡智というより大自然の意図といったほうがよく、大自然が自分の理想を実現するために、人に理想というものを与えているのだという気持がする。これを求めうる心がそのころすでに動いているとすれば、非常に大切な時期ではないだろうか。

また同じ小学四年のころ「ヒワの行方」という物語を読んだ。そのころ小学生の雑誌としては「少年世界」「日本少年」「少年」の三つしかなく、私は「日本少年」をとってもらっていたが、その中にのっていたものである。

二羽のヒワが庭の片すみの木の枝にとまって、むつまじく話し合っていた。その会話の内容は、残念なことにどうしても思い出せない。印象を情緒の底から呼び起す力は、数学の研究には大いに必要だから、十分練習して強くしているつもりなのだが、こんどはどうしてもうまく出て来ない。ともかく佐藤春夫の「こぼれ松葉を……」のような、ほのぼのとした話が交されていたと想像して下さい。ところが、この家に、空気銃を買ってもらったばかりの少年がいて、さっきからねらっているのですがそれを小鳥たちは知らないのである。

パーンと音がする。驚いた一羽は飛び立つ。しばらくして、もう騒ぎのおさまったころと思って帰って来てみると、他の一羽はいない。いつまで待っても帰らない。下の苔には点々と血がしたたっているのですが、それには気がつかないままでいるのです。私はこれを読んだときどんなにその残ったヒワを哀れに思ったか、またどんなにそのこころない少年を憎んだかしれない。うまく言い表わせないだけです。私の住んでいた露地に一級下の女の子がいて、その子が「何かかわいそうなものが読みたいわ」というから、これを貸してやったことを覚えている。いま思うと、そういう、かわいそうだという気持や無慈悲を憎む心、それが正義心なのですが、それが自然に動き出す年ごろなのである。それを貸した私の気持のうちには、その女の子の境遇が哀れだったというのもまじっていたようです。

その後年月がたって一九四二年のこと、大阪市内の「亀井戸」といういわおこしの店の若主人が、結婚したばかりで徴兵にとられるのをいやがって、二階に隠れていたところ、ある日憲兵が突然訪れ、それと知って階段からあわてて引返そうとした彼を、つめたくピストルで射殺してしまうという事件があった。それを聞いたとき、全く忘れていた「ヒワの行方」の情景が電光のような強さでよみがえって、私は歯をくいしばった。

「日本少年」についてはまたこんな思い出がある。四年の三学期に私たちは打出の海岸へ移った。父が私たちの健康を気づかってそうしたのである。私はそこから通学した。学校から梅田まで二キロばかりで、帰途は歩いていた。その途中に「日本少年」の特約店があった。そのころは前月の二十日ごろ発行されていたと思うが、その日が近くなると、特約店に毎日寄ってみる。なかなか来ていない。来ていたら鬼の首をとったほどうれしい。

カバンには入れないで、大切に手に持って歩く。もちろん帯封など切らない。表紙を見るとわかってしまって惜しいからである。阪神電車に席を占めると、封を切ろうか切るまいかと迷う。今こんなに時間があるのに切らないと、こんどはその方が惜しい。とうとう意を決して封を切り、表紙を見る。すばらしい。口絵を見る。実にすばらしい。目次を見る。おもしろそうである。電車の中ではそれ以上は決して見ない。続きものなど、どうなったか早く知りたくてたまらないのだが、じっとしんぼうする。

それを見てしまってはおしまいであることをよく知っているからである。このように、本当に大切なことは大自然が人の手を借りないで直接教えるものとみえる。ともかく電車の中では表紙と口絵と目次とを、くり返しくり返し見て空想にふけり、それだけで満ち足りている。いつもそうだった。

ついでにこれにつながる思い出を話そう（情緒の流れは一筋に話してしまわないと、わからなくなるから）。粉河中学に入ると、寄宿舎に入れられた。休みごとに帰郷し、春休みに進級発表の日があって登校する。その日が実に楽しみだった。それは成績や席次の発表も少しは楽しみだったが、それと比較を絶して楽しいのは、教科書が売ってもらえることだった。帰るとさっそく好きなのから読み出す。歴史が一番好き、次が博物だった。数学だけは決して読まなかったが、何故だろう。他のものは習字の本まで読んでしまう。

歴史の根本は土井晩翠が「人生旧をいたみては千古変らぬ情のうた」とうたったように、情緒のかなしくもおもしろいおもしろさにあり、簡潔な文語体の描写につきぬ興味をそそられていた。博物は小学生のとき、親戚の中学生の教科書にタツノオトシゴがさし絵入りで出ているのを見て「こんなものが実際にいるのか。早く知りたいものだ」と以後いつも思っていたから、大好きな教科書であった。

また習字の本もかなりおもしろかった。「深林人不知、名月来相照」という対句ははっきり分らぬままに、三思三嘆したのだろう。印象に焼きついている。こういったものがすべて、私を形成したのである。ともかく新学期が始まるまでに全部読みつくしてしまうほど、読みたいという気持が強かったわけで、予習などという微温的なものではなかった。

実際、微温的なものでは役に立たない場合がある。少くとも数学についていえば、オリジナルとコピーとは全く異っている。コピーは紙とインキで作れるが、オリジナルは生命の燃焼によってしか作れない。灼熱した情熱や高いポテンシャル・エナージーがなければどうにもならないのである。

さて私は、反応時間はだんだん速くなっていったが、わかってからでなければ手を上げないというほうの習慣は、ついに変えられなかったらしい。それで成績は四年までは甲上は算術、読方、綴方など二、三の学科に限られ、席次も級で三、四番より上にはならなかったと思う。それが五年になると俄然形勢一変した。五年からは歴史、地理、理科など新しい学科がふえ、そのため筆答試験があることになったのだが、そうなると私の正確さが表面に出ざるを得ない。なんでも、一学期の終りの甲上の数は私だけは六つか七つあるのに、他の者はみな二つか三つだということだった。私は初めてのびのびと打出の浜から学校へ通った。「日本少年」をあんなふうに楽しんで読めたのもそのためであろう。

しかし私のあのころを作ったのはこれだけではない。もう一つ非常に大切な要素がある。それは、よき先生たちに愛されたことである。愛された理由の中には、成績もあるだろうが、それればかりではなかったと思う。特に担任の藤岡英信先生は、絵はかいて下さるし、飛行機の模型は作って下さるし、一日一日が本当に楽しかった。私も沿線を写生して回ったり、飛行機の模型に熱中したり、十分に小さな羽翼をひろげた。「習々好風吹衣軽」(陸游)といったふうだった。ここで習の字に注意して頂きたい(論語参照)。


近ごろ小学校の先生から、柿の種子を割って造化の秘密を見せてやっても、いっこうにうれしがらない。どうすればよいのだろうかという質問を受けるが、このころの私のように育てればよいのだと思う。ただ困るのは成績で、これは何らかの方法で一応みんなの長所を、うそでなく本当に認めてやれるように工夫せねばならない。人だから一つぐらい長所は必ずあるだろう。それを大きくクローズ・アップすればよい。ただ、競争意識をあおるのは害あって益のないものである。人ができないのは勿論、「えらく」さえなりません。

またこのころ、私の情操をつちかってくれたものの一つに昆虫採集がある。やはり小学校五年生の六月のある日曜日、箕面に昆虫採集に行くといって、捕虫網を手に、青酸カリのはいったびんをたすきにかけて一人で出かけた。箕面の山に着くと、初めて見る実にきれいなチョウが飛んでいた。いまでもあれはアオスジアゲハではなかったかと思うのだが、当時それと同じと思える標本が絵葉書になっていたのでみると、クロタイマイとなっていた。だから似ているが少し違うのかもしれない。

　ともかく、それを取ろうと思って追いかけたが、飛翔力が強く、高い山を越えて谷から谷へと移っていった。見えなくなったので隣の谷にいるのだろうと行ってみると、果せるかな、ちゃんといる。同じチョウかどうかわからないが、その時は同じだと思って追い回した。

　結局、一日追い回してとれず、日も暮れてしまい、しかたがないから帰ろうと思って電車に乗った。そこで偶然、一級上の顔見知りの生徒に会い、ぼくの家へ来いということになって、箕面に近い別荘へついて行った。夕食をごちそうになり、風呂にも入れてもらってゆっくり帰って来たところ、家ではちょうど父が留守の日でもあり、その間に兄妹二人きりの私にもしものことがあっては大変だと母が大あわてで、警察に保護願を出すやら、大騒ぎだった。

　このころはチョウだけでなく、昆虫なら何でもよかったが、六年生になってから、父が祖父のあとをついだため（このとき私の姓も坂本から岡に変った）再び郷里に帰り、それからはチョウ一筋に熱中した。アオスジアゲハ、オオムラサキも集めた。あらしのあとなど随分珍しいのがあり、南方でなければとうていいないと本に書いてあるのも一、二採集した。

すばらしいチョウをみつけた時のうれしさは全く一種独特のものである。いままでも私はチョウを集めたい。しかし、一ぴきのチョウをとることは一ぴきのチョウを殺すことだとわかった今となっては、もうやれない。ただ、チョウを集める喜びを本当に味わおうと思えば、保護願を出されるくらいまで熱中する必要があるのです。

こんな経験もあった。郷里に小さいが非常に泥の深い池があった。六年生の夏休みの終りごろだったが、この池に竹馬ではいっていった。すると泥に竹馬を取られて動けなくなってしまった。それで堤へ跳んだところ、篠竹の切り口で右のかかとをどんと打って、それっきり動けなくなってしまった。そこへ畑からイモを背負って帰って来た婦人が通りかかり、もっこを放り出して私を背負い、家まで運んでくれた。一緒に池に行った連中はその間わいわい騒ぐばかりで何にも役に立たず、おまけにもっこからイモを盗んだしようのない奴までいた。

このけがで私は動けなくなり、二学期中ずっと休んだが、秋が深まるとどうにか松葉杖をついて歩けるようになった。家の裏にミカン山があったが、そのころはもうぼろぼろのミカンしかならず、放ったらかしにされて木と木の間に菊がこれも生えるに任せてあった。この菊の中からつぼみの大きそうなのを一つ選び、つぼみがふくらんで黄色い色が少しずつ見えるようになるのを楽しんで、二十日以上も、毎日ミカン山へ杖をついて通っては座りこんで、じっとながめるのが日課だった。今でも菊が、香さえあれば、無条件に好きなのはこのために違いない。

こういった体験が長く尾を引いて残り、個性の一部になるのだと思う。「ならい、性となる」というのもそんな意味ではないだろうか。「ならい」を「習慣」と解釈すれば、人類は条件反射によって向上するということになるが、そんなむちゃなことはないのです。

ここらで小学校教育についての私見をまとめてみます。まず、義務教育は小学校六年間だけでよいと思う。これは一口にいえば、情緒の調和をたかめることによってその人の人格が作られるのを援助する時期である。この時期の教育のよしあしはすぐ顔つきに表現されると思うから、教育者はそれによって大自然を援助する手を加減していくのがよい。

だいたい小学校は道元禅師の「たとえば器に水を移す如くすべし」の時期である。文化に対する親和力を養うべき時なのであって、いわばすべてをとり入れるのである。次に批判でなく玩味をさせるのである。玩味とは長所に目を注ぐことである。欧米に対するいわれのない劣等感は、この時期にちゃんとやっていないのに起因するように思える。つまり、学ぶべき季節に学んでおかなかったから、季節はずれにまねてばかりいることになるのである。

数学教育について一言したい。数学は人の心からとって知性の文字板に表現する学問・学術の一種である。したがって心の中にある数学を開発することが数学教育の任務である。しかし、今の教育を見ると、数学というものをわかって教えているのだろうかと疑わずにおれない。だいたい、数というものが心の中でわかっておればこそ、数学が教えられるのである。幼児の発育を見ても、数がわかるのは時空や自然がわかるより先である。いくら造化でも、いや造化だから尚更、その逆はやれないだろう。数学が何かは私にもよくはわからないが、心の中にその元があることは確かであって、逆に自然から教わるべきものではないのである。

してみると、自然によりかかって数学を理解させるやり方は間違っている。黒板に写した図式や数式は自分ではなくて、自分と対立する自然物になるということをみな知らないでいるらしい。色つきのチョークやグラフなど、色彩を使って教えるのもなるべくやめたほうがよい。相当に子供の感覚が動かされ、情緒の表面に荒い波が立つからである。本当は机に向かって、本を見ながら、運算しながら勉強するのをやめて、散歩しながら心の入り口でやるとよいのである。事実、古来の大数学者はみなそれでやっている。

黒板とか、鉛筆とか、紙とかいう外物に頼っていると、計算しなくては正しさがわからないとなる。これでは闇夜の中をちょうちんもなしに歩いているのと同じで、いつまでたっても闇夜から抜けられないだけでなく、闇は深くなる一方である。しかも昼というものを知らないから、それが闇夜であることに気づかない。

しかし、本当の数学は黒板に書かれた文字を普通の目玉で見てやるのではなく、自分の心の中にあるものを心の目でみてやるのである。これを君子の数学という。この方法でちゃんとやれば、白昼の光の中に住むことができる。自分で自分がわかるということなのだから、計算などというまだるっこいことをしなくても、直観（感官、特に視覚のそれを通さないもの、即ち純粋直観）でわかるのである。

ただ、筆算の利点はあとで間違いをみつけられることにあり、歩いたあとがそのまま残っている筆算の方が、その点で珠算よりはすぐれている。心の中のものを心の目で見ていると、不注意による間違い、いわゆるケアレス・ミステイクがわからない。それを調べるには筆算が役立つといえる。私の論文などいつもケアレス・ミステイクが多いのだが別に訂正もしていない。どうせわかる人にはわかり、わからない人にはわからないからです。不思議にケアレス・ミステイクが多いことと、本質的なミステイクがないこととは対応し合うものらしく、これに反して、ケアレス・ミステイクの全くない論文でも、一つでもミステイクがあれば、それは致命的なものであって、全体が思い違いだといえる場合が実際にはある。ケアレス・ミステイクを指摘するのはそれを気にさえすればできることである。だが論理や、計算だけのお先まっくらな目では、起ったことを批判できるだけであって、未知に向かって見ることはできないのであって、だからよくミステイク（多くは致命的な）を起すのです。

数学教育の目的は決して計算や論理にあるのではない。かたく閉じた心の窓を力強く押し開いて清涼の気がよく入るようにするのにあるのだ。数学教育は大自然の純粋直観が人の子の情緒の中心によく射すかどうかに深くかかわっているのであって、計算が早い、遅いなどというのは問題ではない。私たちは計算の機械を作っているのではないのである。数学は計算器を作っておいたのだから、もう数学でもない計算を教えないでもよいことにしてほしい。又、論理は手段であって、人ではないことを併せ知ってほしい。

数学の教え方としては「よく見きわめて迷う所なく行ない、十分よく調べて結果が正しいことを信じて疑わぬ」ようにさせるのがよい。房玄齢と誰かと（つまり房杜と）帝尭とを合せたようにやって貫えばよいのである。答案でも十分に考え抜いたあと、鉛筆をとってからは一気に書き上げるのである。着手すればさっさっとやってしまわねばいけない。すべて、よどみやねばりをなくするよう心掛けるのである。それを、急いで鉛筆をとり、あとはいじいじ、しかも気ばかりせかせかとやっていては何にもならない。「よく考えて迷う所なく行なう」という頭の回転様式、これを数学的というのである。光と闇との戦もそうですよ。「結果を信じて疑わぬ」ようにするには形式を重んじないことである。ある決まった形式どおりにやったらそのとおり結果が出たというのは数学ではない。結果というものがあると信じればそれでいいので、そう信じて結果を出そうとするのなら、どんな出し方でもよいのである。ところが方法を変えてやれといわれれば心細くてできず、ある形式にもたれかかって初めて自分というものがあるような気がする。これを夜の闇というのです。

しかも教師はできるだけ早くそういうふうにしようと追いやり、できるだけしっかりした形式にもたれさせようとする。それで弊害はひどくなる一方である。しかし、数学の本体は「信」というようなものなのである。学ぶ者が「これで間違いはない」と常に確信し得てはじめて右足、左足という形式に進むことができるのである。ちなみに〇×試験はいけませんから、おやめになって下さい。

ここで数学史あって以来の怪人ガウスのことをちょっと紹介しよう。ガウスは小学二、三年のとき、1から10まで順番に足すと幾つになるかを

10×(1+10)÷2=55

と出した。また彼はあの大切なコーシーの第一定理の意味づけをそっちのけにして、三けたの素数で1を割った値を小数点以下四十位まで計算して遊んでいた。それはさ

まざまにくふうをこらしたもので、まさに善を尽くし美を尽くした出し方であった。助手をやとって計算させてはという人にひどく怒ったという。ガウスが「算術は数学の女王」といったその算術こそ小学校で教えるべきものだと思う。ある人がやれば精神薄弱児が頬を輝かす「水道方式」となり、ある人がやれば「数学の女王」となる。やる人によってこんなにも違う。これが数学というものなのである。

学科を三つに分類して1「こころ」、2「自然」、3「社会」とすることができる。このうちこころに属するのは算術、歴史、国語、修身などで、小学校ではこういう学科を主とすればよいと思う。自然に属する理科、地理などは五、六年でわずかに教えるくらいでよい。こころは真智の目だけで見ることができるけれども、自然を見るには有無の分別がいる。そして有無の分別は妄智の一種にほかならないからである。だからこの方面に興味が動き始める五、六年ごろまでは教える必要はないのである。自然に関する学科は、教えるとすれば、なるべく牛の胃のように二段に教えればよい。そうすれば二度目は心の中の自然から取り出して消化できるから、真智の目で見られることになる。

社会を学ぶとなると、さらに自他の区別がいる。これはもう分別ではなく「自他弁別本能」という本能の一種である。これを世間智という。へたに社会を教えてこの本能を育てるようなことはつつしむべきだと思う。

何よりいけないことは、欠点を探して否定することをもって批判と呼び、見る自分と見られる自分がまだ一つになっている子供たちにこの批判をさせることである。こうすれば邪智の目でしかものを見られなくなり、本当の学習能力はなくなってしまうのである。こましゃくれたクラス活動、グループ活動もいっさいいけない。そんなひまがあれば放任して、遊びに没入させるに越したことはない。こんなことをするから男女の顔が昔と入れ変るのであると思う。

ひどい教科書も早急に改めてほしい。聞くところによると、いまの小学一年の算数はアメリカで黒人を教えるときに採用している方法だというが、この教科書ならば、なるほどそうだろうと思われる。そんな教科書で一年教えると、これを消し去るのには倍の二年かかる。そのままにして進むと、多分脳底に傷ができたときと同じようになるだろうと思う。

傷といえば、たとえば松の木に傷をつければ、それは木の成長に比例して大きくなり、形も傷として完成する。そしてその影響が外部に現われるのはそれ以後であるという。人の場合もこれと同じことで、小学校や中学校の教育の結果は、十七歳ぐらいで一応固まり、よかれあしかれ十八歳ぐらいからその影響がぽつり、ぽつりと現われ始めるように見える。教育というものはつくづく恐ろしいと思う。

学校になど行かなければよいのに、行ったためにだめになる。本当にあることなのである。私は、来年から子供を小学校に入れなければならないがどうすればよいか、と母親に質問されると、しばらく入学させないで待っていなさいと教えているのだが、違法だろうか。

義務教育についてはこれですんだようなものだが、全体における位置をはっきりさせるため、そのあとを簡単にいっておこう。

私の高等小学校時代の特異なことといえば、家の書庫を探して、博文館発行の国民文庫をはじめかなり分厚い本をかたっぱしから読んだことだった。名前をあげると「水滸伝」「八犬伝」「弓張月」「太閤記」「西遊記」「三国志」「近世美少年録」など。友人に借りて読んだものでは「八百八狸」などというのがあって、四国には上手にばかすえらいタヌキがだいぶんいるらしいなと感心したりした。なにしろ物語でありさえすれば、分厚いものほどうれしかった。読書力の大切な要素の一つに速さがある。これを欠くと雄大な計画は立て得ないのではなかろうかと思われるのだが、この速さをつけるにはこの年ごろに多読させるのがよいのではないかと思う。頭の発育（多分間脳）のためなのですから、勢いのよい日本語がよいのですよ。

学科では農業で相当憶えるのにめんどうなノートを取らされた。私はそれをみな覚えた。いろいろな数字が入っているため、初めは随分覚えにくかったが、私は箱火鉢のふちを固くつかんで、それを覚えてしまうまでくり返してやめなかった。これが意志霊化、即ち盲目的意志を絶対の目的にできるだけ合せる合目的化の一例でして、意志的情緒は基本的に大切です。

　中学校の入学試験に一度失敗しているので、来春はぜひ合格せねばと、何より苦手の書取りを単語帳を作って覚えた。努力して覚えることをこの年から始めたのである。翌年は増員したため競争率も六倍から四倍に減ったが、私はやすやすと通っていた。

　中学では寄宿舎に入った。上級学校への入学率のよい、それでいながら試験勉強主義でも通せる学校で、各学期に二回ずつ一週間の試験があるので、私たち寄宿生は、試験の時期にはそれは実に真剣に勉強するが、ほかのときはどうして遊ぶかに苦しんでいた。試験は私にとっては暗記ものと数学と二種類しかなかった。数学は別に準備しなくてもよいし、もっぱらまる暗記専一にやったわけである。人によってはいま一つ語学を入れる凝《こ》り屋もいたが、私は単語帳一本やりでいった。ただしこのやり方は、語学そのものだけのためにはあまりおすすめできない。

　語学は全く私には手間のかかる暗記もので、あるときなど、前日おそくまで庭球をしすぎて、単語帳はどうにか作りあげたが覚える時間がなく、教場へ行く廊下であわただしく覚えてどうにか間に合せたこともあった。

中学三、四年のころのまる暗記の力は真に驚嘆すべきものだった。私は四年の秋に灸をすえてもらって夭折をまぬがれた代わりに、少しこの力が弱まったのだが、捨てておくともう一年くらいは続いたのではないかと思う。さきにも述べたが、この暗記力は実にものすごい精神統一を必要とするものであって、私は三年の一学期の試験のとき、最後の試験場をていねいにお辞儀をして出るや否や、食べたものをみな吐いてしまった。その後私の胃がどうにか食事らしいものを受入れるまで、二週間はかかったのである。

こうして覚えたものは、それに対する精神統一が解けると、すぐ忘れてしまう。しかし大切なことはすべてではないのです。個性によって、色どりの合ったものは強い印象となって残り、決して消えないが、そのほかはまるでざるから水が抜け落ちるように、跡かたもなく消えてしまう。

しかし、精神統一の練習は学習の根本ではなかろうか。少なくとも私は中学時代にはこればかりやっていた。たしかにこの練習をやらないと顔にしまりがなくなるようである。ただ、この方法で注意しなければならないことは、非常に激しいから秀才を夭折させる恐れがあることである。医者が灸をよく研究して万一に備えておいてくれると、安心してすすめられるのだが。しかし本当は、少々夭折しても大多数がきりっとなったほうがよいという気がするのである。努力感があるのを精神集中、やっているうちは少しも自分で気付かないのを精神統一というのですが、中枢はそれぞれ大脳前頭葉、間脳（十中八九）、尚情緒には知的、情的、意志的、感覚的と皆あります。御自分をみてごらんなさい。自己を忘れて。

これを本当に練習させようと思えば、努力して覚えることのでき始める小学校五年ぐらいからがよいのではないかと思う。ここから少しずつ力を伸ばしていけば、頂上ではすばらしいまる暗記の力が出る。覚えるほうはつらいだろうが、努力がそのまま新皮質にのこる。努力というものは、見る自分と見られる自分と分れてからは合目的には教えこめないものなのである。

ところで、私の場合、覚えやすいという点では歴史が一番だった。口調がよく、事柄が縦の糸でよく続かれていて情熱的だからである。ただ、文化のことがくどくどと書いてあって人名がいたずらにたくさん出てくるところは苦手だった。英雄の戦いぶりが好きなのは小学校時代からで、小学校三、四年のころに父と活動写真を見ていて、父にあれは三色旗の退却だといわれ（恐らく普仏戦争の場面だったのだろう）背骨をピリピリと電気が走ったことを覚えている（その私のその後を見て下さい。いつ私が物質的戦争をすすめました？）。

教科書の中に名文があればすぐ暗記してしまうのが大好きで、小スキピオと火中のカルタゴを見て嘆じたこともあったが、一番好きな句は「アッチラの進むやその勢疾風の猛火を駆るが如く、人呼んで神の鞭といえり」というのであった。こんなふうにして育った私だが、軍国主義的なところは少しもない。しかしこのころ身につけたものはいまも持ち続けているのであって、数学の研究問題でも、十中八九不可能だがそうとばかりはいい切れないというに至ってはじめて、よし、それならやってやろうという勇気が本当にわいてくるのである。

試験の時は、歴史の教科書を一ページずつ一度声を出して読み、天井を向いてそらで声を出してくり返し、最後にいまいったことに間違いはないか、知らない字はないかを、やはり声を出しながら調べる。それでページを全部すませ、おしまいに全体の筋道をこれもそらで描いてみる。これで準備はすべて完了というわけだった。

歴史の試験問題はみな非常に大きいもので、当時は墨汁と筆とを使ったのだが、問題を見るとすぐに案を立てて着手する。息もつかずに書いて、ぎりぎり時間いっぱいで書き上げる。いつも右手が抜けるようにだるかったものである。

幸いだったのは、そのころはまだ中学校でも、批判などというものが全くなかったことである。その一例を述べると、四年生の時、学芸会みたいな会で話をしなければならなくなり、家の書庫にはいって種本を物色するうち、だいぶ古い本で「冒険世界」という名だったと思うが、ナポレオンを批評しているのがみつかった。読んでみるとナポレオンの成功の原因と失敗の原因が十個条ずつあげてあった。さっそくこれに決めてお手ののものまる暗記をやり、演壇でおくめんもなく、さも自説のように話した。ところがこれが意外にも学校中の大評判になり、いまさら実はこれこれと打ち明けようにも勇気の持ち合せはなし、全く閉口したことを思い出す。それくらいに批判めいたものがなかったのであって、この年ごろの教育としては当然そうあるべきだと思う。

批判力、思考力、観察力が本当に芽生えるのは昔の高校生の年ごろ、今でいえば高校三年から大学一、二年である。このころから自分というものを、見る自分と見られる自分の二つに、あるいはそれ以上にも分けることができるようになる。早熟な者が中学四年ぐらいで急に卓見を述べて同級生を驚かすことがあるのも、このせいである。だが、一般の者にはこの季節までは本当には芽生えない。

その代わり、いったん芽生えるや猛烈に働き始める。それは人を批判するのでなく、何よりも自己批判の力としてあらわれてくる。そして足もとを確かめて自己を知ることから始まり、最初の理想の素描を描くに至るのである。昔の高校三年間は、これらの力がよく働くための時間的スペースであったと思う。道義のセンスの仕上げをするのもまたこの時期なのである。

私についていえば、この力の芽生えは人より遅いくらいだった。その代わり働き方は徹底的だった。高校一年のとき、試験でよい成績をとるのに何の意味があるのかと

ドジョウやフナに一緒に遊ぼうとなぐさめられているドングリのような気になってしが全く日本的情緒の清らかな流れに合わないから次第に息苦しくなり、池にはまって実際こんなものが日本語だろうかと疑った。フローベルのいいぐさではないが、行文は人後に落ちない自信のあった私も、こればかりはまる暗記ができず全く手をやいた。らないような定義や公理の羅列である。中学時代に十分に実力をつけて、まる暗記でマ法典が典型的な文化の暗黒時代に生まれているため、法律も昼間見れば意味のわかと思う。だいたい法律はローマ法典に源を発していると聞いているのだが、そのロー学の年からそうなったということだが、ああいうものはここへは置かないほうがよい
　学科について一言すると、一年の時に法制、経済の時間が設けられた。私たちの入いこうなどと思っていて理想など描けるものではない。

いけない。それでこそ理想を描くことができるのであって、社会通念に従って生きて
　しかし、そうだと思ったら何でも本当にやってみることである。徹底してやらねばこを知らない。落第点を取るのもよいが、ドイツ語の文法では取らぬことである。

からない。数学は格支配がわからなくても何とか読めるから反って悪く、いまだにそら、果せるかな、ほとんどわからなかった。そのためいまだに動詞の格支配がよくわどそうだと思い、落第してみようと決めた。それでドイツ語の文法を調べずに行った疑いを持ち、友人が何でも一度やってみないとわからないというのを聞いて、なるほ

まうのであった。法律とは日本においてはいかにあり、またいかにあるべきかということ、すなわちデキンドのいう"Was sind und was sollen"の研究から新しく始めてほしいと思う。

こういうふうにいえば、すべて昔の教育はよかったといっていることになるが、本当は日本の教育は明治からこのかた、悪いほうへ悪いほうへと行っている。それはおそらく軍国主義のせいで、出発点は大隈重信の中国につきつけた二十一ヵ条あたりにある。あの二十一ヵ条は全く十九世紀的なやり方で、よその国がやめるころになって真似を始めたものである。それ以来しくじりばかり繰り返しているのだが、そこまでさかのぼって考えようとしない忘れっぽい教育家が多いようである。戦後は軍国主義こそなくなったけれども、何をするかわからないような妙な卒業生ばかり出している。私たちの子供のころも、すでに教育はだいぶんあやしくなっていたのだが、まだましだったと思う。この教育制度でも、私を教えたようにやれば、物質の戦をしようとは思わない。のみならず、私は日本的情緒の中から生れてきて、その通りに行い、また日本的情緒の中へ帰っていくものと思っている(『春の草』参照)。昭和二十三年の学制改革の結果は、以来十余年の高価な実験で十分わかったはずである。この結果を生かして使おうとするなら、即刻徹底的な改革に踏み切るべきだと思うのであります。

最後に、国家が義務教育と並んで力を入れるべきものとして天才教育があると思う。

いま全産業界にはオートメーション化が足音高く進行している。第二の産業革命である。さらに貿易自由化によって、日本は激しい国際競争の舞台に乗り出そうとしている。これは実に容易ならぬ難関である。冒頭に述べた日本民族絶滅の危機というのも、一つはこの難関を指していっているのである。これを突破して生き抜くには、天分のすぐれた人の独創力にまつほかはない。そのためには、大多数の人の頭がいくら教育してもコピーしか作れない以上は、少数を選び出して天分を発揮させるほかはないのである。いまこそ独創がどんなに大切か、わかっているのだろうか。少なくとも義務教育の現状はとうてい独自の見解などは期待できないありさまである。あえて危機というゆえんである。

これまで日本民族は、極端にいえば土地に米を作り、海から魚をとって食べるというやり方だけで来たといえる。一度も激しい競争などやったことはない。だから独創とコピーの区別など知りもしないだけでなく、コピーのほうを信用して「私はこう思う」などというのは信用しない。実質よりも形式や観念を大切にする。形式的学歴によってその後の社会的待遇まで決まるというのは、まるでままごと遊びのようなもので、温室の中でだけできることなのである。

また、日本がどれくらい形式を大切にするかという例をあげると、私は本当は四月十九日生まれたが、戸籍は三月十九日生まれとなっている。そこで生年月日を書く必要のあるとき、どちらを書こうかとたずねると、ただ一度の例外もなく、戸籍どおりに書いてくれといわれる。祖母が亡くなったときは、戸籍では九十六歳となっていたが、本当は九十二歳だった。あんまり若くて嫁にもらいていさいが悪いからと、嫁入りのときに少々年をふやされたらしい。それで位牌の裏に九十二歳と書いたら、村長が俺の顔をつぶしたとひどく怒った。万事こんな調子である。正確さに対してこんなに無神経ではオリジナルなどわかりっこないのは当然のことである。

文化だって、外国で獲得したものをコピーするのがすなわち文化だと思っている。だからコピーをふやすのが文化を高めることだというわけで、大学ばかりやたらにふえることになる。日本の大学はヨーロッパ全土の大学を加えたよりも多いというが、いったいどうするつもりだろう。形式的悪平等教育が早晩役に立たなくなるのを知っているのだろうか。野球の選手九人とアンパイヤとの十人に平等な力をつけようとすれば、どれ位かかると思いますか。一万年ですよ（一日一試合）。

しかし、西洋文明というのは、国に与えられた人たちの天分をフルに使わなければ、その国はとうてい食っていけない、そんな猛烈な競争で成立っている。ちゃんと教育をやれば立派な花を咲かせるという種子はきわめて少ないのだが、その少ない種子を国が選んで、使える天分はみな使い切っている。フランスも西独も、おそらくアングロサクソンも、みなそうやって激しい生存競争を生き抜いている。そしてここでは少数の高いレベルが非常にものをいうのである。

　ラグビーでも野球でも、試合に勝つためには一番すぐれたメンバーを選手にしなければならない。これはごく当り前のことである。天才教育というのもこれと同じで、国に与えられた人的な力をフルに発揮させるというしごく当然のことなのである。なにも選ばれた人が偉いというのではない。我も我もと選手になりたがったら、だれを選ぶかだけにエネルギーを取られてしまい、勝てっこはないというだけのことである。ただ、選ばれるべきすぐれた人というのは、少なくとも日本のくにでは、情緒のきれいな人という意味である。邪智の世界の鬼才と混同してはいけない。

　フランスには、本当に学校の名に価するものは二つしかない。高等師範学校と砲工学校である。内容が違うから、本当は一つしかないといってよい。生徒の数もそんなに多くはない。それ以上ふやさないのは、そこへ入れるべき人の数が多くないからである。フランスでは「秀才」でなく「天才」と呼んでいるが、ごく少数の天才をここへ入れることによって、フランスという国が生き延びようとしているのである。日本も今のような妙な教育でなしに、ちゃんとしたやり方で天才教育をすれば、国際的舞台でも相当にやれるのであるが、その点にはみなおそろしく劣等感をもっているから始末が悪い。

　しかし、また考えれば、日本は滅びる、滅びると思っていても案外滅びないかもしれない。というのは、日本民族はきわめて原始的な生活にも耐えられるというか、文明に対するセンスが全くかけているというか、そういうところがあるので、自由貿易に失敗して、売らず買わずの自給自足となっても、結構やっていけそうにも思えるからである。先日、故障で停電したが、家中のだれも直し方を知らない。ローソクを頼りにふろにつかりながら、ああ、万事これでいけば心配することはないと思ったことだった。然し日本の不思議な勤勉さ（や親切さ）のもとは、どうしても大脳新皮質としか思えませんから、そこだけは大切に守って下さい。

創造性の教育

1

教育には、義務教育以外に、いま一つ、国家が義務を課さなければならないものがあります。それが創造性の教育です。

何故かといいますと、保護貿易のあいだは、農民と漁夫にさえ働いてもらえますならば、他の人たちは何もしなくても、国民全体が食うことだけは出来ます。しかし、自由貿易となりますと、今の文明の内容が生存競争であることが、身に沁みてわかるだろうと思います。大脳前頭葉の創造の働きにまつのでなければ、学問上の優れた発見、発明もなく、それらを生かして使う人智の種々雑多な、総合的な働きもあり得ないでしょうから、国の収支は負にならざるを得ず、それでは国民全体が（他国に養ってでももらわない限り）、生存出来なくなってしまうからです。つまり経済的理由からです。

私が「すみれの言葉」「情緒」「独創とは何か」「秋に思う」「春の日射し」で色々お話しましたのは、主としてこの「創造」についてです。時実さんも前に申しました随想（「私と数学と脳」）でこの創造についてお話になっておられますから、その一節を抜萃します。

「それは、知能や記憶のような後向きの精神ではない。前頭葉に宿る創造の精神、つまり前向きの精神こそ、人間の本質である。知能をたかめ、教養を身につけ、文化を形成してゆくことができるのは、すべて創造の精神があるからこそだ。したがって教育の神髄はここにあるはずで、最近、教育界で創造性が真剣にとりあげられているのは由なきことではない。

ところで、創造の精神は、数学の教育や数理的な思考のなかで、いちばん有効にのばせるのではないかと私は思っている。その意味で、真の『人造り』に対する、数学の先生方の役割は非常におおきいといえよう。

しかし、現在の学校教育は、数学も例外ではないが、とかく創造の精神の発達の芽をふみにじっているように思えてならない。私だけのひが目だろうか」

創造性を伸ばすには、どのように教育すればよいかということについての、私の考えを詳細にお話しますことは他日にゆずり、この度はただ概要を言い添えるに止めます。

前にお話しました道義に課した義務教育と、これからお話しようとしている創造性の教育とを比べますと、たいへん違っている点が二つあります。

2

その一つは、誰でも教育さえすれば、必ず創造性を伸ばすことができるかといえば、そうはゆかないことです。

これは天分がいるのでして、そういう天分を持った人の比率は、それほど大きくないと思います。

フランスは天才教育を行っていると思いますし、西独は国家的見地から、知的労働によって、しぼれるだけしぼろうとしているように見えます。

それで、西独の大学生の比率と、フランスの高等師範学校及び砲工学校の学生の比率とを調べてもらえば、日本における創造性の教育を行いうる人の比率が、大体わかると思います。

それ以外の人に創造性の教育を行っても、国としての収益はないから、経済的な観点からは、無駄です。

これは、天分を持って生れてきた人は、国全体の経済を維持するため、じゅうぶん頭脳労働をする義務があるということです。この種の教育を受けない人も、受ける人も、じゅうぶんよくこの点を理解しなければなりません。でなければ、とうてい諸国間の生存競争に耐えて、生き抜くことができません。

フランスは、実に徹底した天才教育の国で、細かく教育網が張られているようですが、一般の人たちは「あの子はゼニュイ（天才）だから」といって、当然のことだと思っているのです。

第二の点は、義務教育は現状の学制のままでどうすればよいかを申しましたが、創造性の教育については、先ず現在の制度を変えてほしいことです。それを申しましょう。変えてほしい点は二つあるのです。

一、旧制高等学校の復活

創造性をじゅうぶん伸ばそうとすれば、適当な時期に、ぜひ時間的スペースがいるからです。

二、大学の卒業を廃止

現状では、入学試験（その他）の弊害が余りにも大きく、とうていうまく創造性を伸ばせそうもありません。これを一挙に一掃しようと思えば、大学を卒業したかどうかの判定は、その人のことだからその人に委せて、大学当局は一切それに干渉しないことにすればよいと思います（実際私の友人の松原君はそうしたのでして、それが正しいのです。『春宵十話』参照）。法律はこの干渉を厳禁してほしいと思います。従って形式的には、大学にだけは卒業というものがないということになります。

3

この二点の改革を実行してもらったと仮定しますと、大体私たちの時と似たようなものになると思います。それで私は、あるいは私たちはどうであったかをお話します。一応、それでよいと思うからです。

中学校は粉河中学（和歌山県）だったのですが、私は主として丸暗記を練習しました。先生たちは、授業をいかにして面白くするかに全力を注いでおられたように思います。中でも英語の内田与八先生の授業は、生気が躍動していて、非常に面白かった。先生たちは皆、まさに覚めようとしてまだ眠っている生徒の興味を呼びさますことが、非常にお上手だったように思います。意志も次第に強くなっていきました。

中学三、四年は、その人に感激というものを教える「時期」だと思います。また心に種を蒔《ま》く最適の季節であって、その種は大きく伸びて、その人の一生を支配することがしばしばあると思います。私は三年のとき、数学の種を入念に蒔いたのです。私は中学五年から三高に行きました。入学は秋からでした。

三高のころになりますと、生徒の大脳前頭葉はじゅうぶん発育して、純粋直観がいろいろな形に働いています。前に言ったと思いますが、簡単に繰返しますと、

一、ものの意義がよくわかる（大円鏡智）
二、ものの内容（こころ）がよくわかる（妙観察智）
三、矛盾が自明になる（平等性智）
四、観念的なものをじっと見詰めていると、だんだんよくわかってくる（平等性智）
五、調和がわかる（妙観察智）
まだ、ほかにもいろいろありますが、こういったような働きがいろいろ出てきます。それで時間的なスペースさえ与えますと、各人が自分の道義の仕上げをし、自分の理想を描きます。

情熱性や感激性も、ここでじゅうぶん養うべきです。

大学については、私たちのときはまだそうなっていなかったのですが、環境から取ることが主眼だと思いますから、各人がその理想に応じて、研究所や先生を選んで入るのがよいと思います。

大学当局は、一応だいたい、三年計画で知識や技術を教えるのがよいと思いますが、聞いたり、したりすることは強いてはいけません。

私の友人の秋月（康夫）君が、ある若い数学者に「君のクラスにはよく出来る人が多いが、なぜだろう」と聞くと、その男は「それは先生がいなかったからです」と答えたということです。

かぼちゃの生いたち

こんどの大戦で前線へ行った人々は別として、そうでないひとは、たいていかぼちゃを作った体験をお持ちだろうと思う。私もかぼちゃを作ったが、作ってみて、かぼちゃという植物はこんな不思議な伸び方をするものかと驚いたものである。作ってみないで想像していたのとは、まるで違っているのだ。かぼちゃを専門に作る百姓というものはないだろうが、かぼちゃ作りの百姓があるとして、その百姓にとって一番大切なことは、かぼちゃがどのような伸び方をして結局実がなるか、その姿全体を頭に入れてしまうことだと思う。そうでないと、どんなに世話してみたところで、トンチンカンなことをやってしまうことになる。これと同じことは、教育に関してもいえると思うのである。

ところで人の心情の生いたちは、このかぼちゃよりも一層変化に富んでいる。かぼちゃのような植物さえ、あんな生いたちをするのである。まして人の感情とか知能とかが、まるでバケツに水がたまってゆくように、時間に比例して量が増してゆくなどと考えるのは、一体どういう心理からなのか、私には想像がつかない。もし、複雑な伸び方をするものと思えば、調べもするだろうが、初めからごく簡単なものと決めてかかっているのではないか。どうも私には、感情は別としても、知能というものはそうしたものと決めてかかって、いろいろデータもとり、教えもしているとしか思えない。しかし、人はどんなふうに伸びてゆく生物か知らないで、教育などとはいえないはずである。教育については、現状はまだ何一つわかっていないのではないか。

1

個体の発生は種族の発生の繰返しといわれている。科学が教えた一番興味深い知識の一つは、人の胎児の発生が、人類の発生は定めてこうもあったろうかと思わせるような、不思議な形態的変化をすることである。

ところでこのことは、生れ落ちるとすぐ止って、その後は続かないものだろうか。私はずっと続いてゆくものと思うのである。私の記憶に誤りがなければ、生れる少し前には赤ん坊はまだサカナのような格好をしている。これが哺乳動物になってから、つまり生れてから、この形態的変化を繰返すのじゃないかと思うのである。ただ、その変化が、人と動物との違いだと思われるところにさしかかってから、非常に長くかかっているということだ。

人の人たるゆえんは他人の感情がわかるということだが、自他の区別がわかるようになるのは、四月生れとして数え年五つのころである。四月生れというのは、私自身四月生れだから、今のところ私自身を標準にとるより仕方がないのだが、人間には生れた時の季節が顕著に影響する。それで満何年何ヵ月といったのでは不正確になると思うのである。実際、春に生れた赤ん坊と秋に生れた赤ん坊とでは、心情や知能の伸び方に差があるようである。

もちろん、自他の区別それ自体の現れと思われるものは、ずっと早く出ている。たとえば、目は四十日ぐらいから見えはじめるのだろうか。六十日になると、見る目と見える目と二色に使い分ける。しかし、そんなことでなく、はっきり自他の区別がつけられるようになるのは、数え年五つになってからである。だから、道義の根本は、この年からはじめるのがよいと思う。

いま日本では、道義はいるとかいらないとかいう議論が強いが、以前修身というのがあった。この修身は、何か人格というような、つまり、人の行いやそれを正すことをいうように思っているが、もともと「修身斉家治国平天下」というのを略して修身といったのであって、身近からはじめて遠くに及ぼせという言葉である。たとえば近ごろの美談として、東京の銀座あたりでゴミをビニールの袋につめるようなことがはじまっているらしいが、これは道義の問題である。そしてこういうのを礼節というのだと思う。修身とは個人がお行儀よいということではなくて、社会の秩序のことである。

人から聞いた話だが、アメリカでは普通教育で一番力を入れているのは、道義教育だという。またこれを家庭でするのがよいか悪いかの問題、それをはじめる時期の問題については、イギリスではこれを家庭でやり、しかもきわめて早い年齢からはじめている。日本はすぐ外国のまねをしたがるが、せっかくそういう癖があるのだから、道義の教育でも外国のことを見ならえばよいと思う。

アングロサクソンの話が出たから、ついでにいうと、こどものころ私は『三十万年前の世界』という本を読んだことがある。三十万年前というのは、そのころは、人類が火を使いはじめたのは三十万年前だと思われていたからである。大変おもしろかったが、その一節にこんなことが書いてあった。興る民族と滅びる民族では、その一番大きなちがいは、興る民族は夜の闇を恐れない。夜は一人一人別の位置にすわって、一人で思索することを好む。ところが滅びる民族の特徴は、これと反対で、変に夜の闇におびえ、夜は一かたまりにかたまってでないとおられない。後になってのことだと思うが、何となく私には、これはアングロサクソンの思想だという気がした。だから筆者は、多分イギリス人だろうと思うが、今でもそれはほんとうだと思っている。

実際、人間が集団生活を営み得るというのは、他人の感情がわかるというアビリティがあるからで、集団に特別な本能が与えられているわけではない。集団の目的が自分の目的にあっているかどうかの判断、これはやはり個人個人のもので、各人の大脳前頭葉の働きである。だから個人を十分みがいてからでないと、集めてもうまくゆかない。

今の小、中学校の教育では、はじめからグループ、グループをつくって教えているのではないか。というのは大学でも、集ってディスカッションをやるというふうにしなければ考えられないらしい。こんなものは数学にはまことに不向きで、数学に限らないが、何事でも、そんなやり方では言葉のおよぶ範囲よりは決して深くは入れない。言葉のおよぶところまでなら語学にすぎない。それから先に進むから数学なのである。すべてそうだと思う。アメリカやイギリスでは、決してこんな教育はしていない。

私は道義の教育を、数え年五つの時から祖父に受けた。そのころ父は日露戦争で留守だった。祖父は私の中学四年の時亡くなったが、それまで私はずっと祖父から道義の教育を受けた。一口にいうと、まことに簡単で「人を先にし、自分をあとにせよ」ということで、その点に関しては徹底したものだった。父ははじめから私を学者にするつもりだった。それで金銭的なことに心をわずらわすようではいけないというので、お金の勘定は一切私にさせなかった。だから私は、今でも物質的な所有欲は全然ないといってよい。このような家庭教育はその後に非常に影響するものであって、物質的な所有欲も、人なら当然出てくるものと思うのは間違いで、作るからあるのである。

それから、子供の悪い癖だが、概してこれはひとの子供からうつるのでなく、子供の心の中にまかれていると思われる種がはえてくるのである。私の最初の孫は十一月生れで、数え年五つの女の子だが、性質として自分の喜びを強く感じ、強くあらわすのが長所のように思われる。土地にたとえると、土地がこえているわけだが、そういうところにはえる雑草もやはりこえている。そこでいろいろ悪い癖が出てきている。

この草引きを何とか早くしたいと思うのだが、むりにしつけるやり方は、よい芽までいじけさせてしまうので、何かわかることでしつけなければいけない。こういうことをすると人が喜ぶということがわかってくれればよいのである。自分だけでなく、人も喜ばせなければいけない。たえずそのことをいえば、そうでないことは抑止する働きが自ら働くようになる。そして抑止する働きが一つ働けば、抑止するという生理機能が強くなる。ただ、人が喜ぶということがなかなかわかりにくい。

私の家の裏に、孫よりすこし小さな子がいる。孫はきのみ、その子はよしみというのだが、その孫がどういうかというと、「きのみ、今遊んどく。よしみちゃんが来たらお勉強する」という。お勉強というのは本か何かを見ることだろうが、私の家内が、「そんなことしないで、よしみちゃんが来たらいっしょに遊びなさい。今、お勉強しときなさい」といっても、なかなか承知しない。

祖母と孫の間でそんなことをいい張っていたが、しばらくしてフト気が変り「やっぱり、きのみ、今勉強しといて、よしみちゃんが来たら遊んでやるわ」といってきた。これが道義のわかりはじめじゃないか。それで祖母が「えらい、えらい」とほめると、言葉だけは知っていて「きのみ、考えたんや」という。

フトそんな気がする。人の喜びも、遊んでやると喜ぶということならわかるので、その隣ぐらいにはいるのである。ある時はおこってフトわかることがある。おとなになってもそうだが、人の心の窓というものは滅多に開いているものではない。時々開いておればわかるのである。その時ほうり込んでやることだ。

この道義教育は、家庭でできるだけ早くはじめたいというのが親心であって、また祖父母の心だと思うが、何とか数え年五つぐらいからはじめたい。これを放っておくのは子供を全く観察せずにいるからである。しかしその時、犬に行儀をしつけるようなやり方は、多分に害がある。そうでないようにするには自ら観察する必要がある。

このように、人が喜んでいるということは割合に早くわかるが、一番わかりにくいのは人が悲しんでいる、あるいは悲しむだろうということで、これは容易にわからない。しかしこれがわからないと、道義の根本を、表層的にではなく、根源的に教えることができない。それがわかるようになるのは、だいたい、小学校の三、四年ごろだと思う。また、人が悲しむようなことをする行為をにくむ、これが正義心のはじまりだが、これも同じ年ごろで教えられると思う。

しかし人の悲しみがわかるといっても、そのわかるという言葉の内容だが、徹底的にわかると、人が悲しんでいると自分も悲しくなる。人の悲しみを自分も悲しいという形で受取るようになる。これは十代では無理であって、二十歳以後だと思う。フランスに「セタージュ・サン・ピチエ」ということわざがある。これはハイティーンでは、まだまだもののあわれはわからないという意味である。だから、道義の本当の最後の仕上げをするのには、以前の高等学校でなければできない。

このように、人の心情や知能の成長をみてくると、人の悲しみがわかるという峠を越すのに、実に難渋をきわめていることがわかる。個体の発生でこんなにかかるのなら、進化の道程ではどのくらい長くかかったか、想像もつかない。数千万年はかかっているだろう。かりに譲歩して数百万年かかったとしても、人類に文化がはじまってから六十万年といわれている。文化、文化といっても六十万年たっているかいないかであって、数百万年にくらべたら、取るにたりない短かさである。

だから、人はまだほとんど何も知らないといってよいのである。知力の光が非常に暗いので、自分はまだ何も知らないということを知らない人が多いのではないか。仏教でいう肉眼《にくげん》とは、知性の目ということだが、赤ん坊でいうとどうにか目が見えはじめたところであって、明暗がわかるという程度からまだ余り出ていない。人類の現状は、まだやっと一人立ちになったばかりのところである。ただ人類はまだそんな程度だとなかなか思えないのは、知力の光がごく弱いからにすぎない。何も教育に限らないが、特に教育については、何も知らずにでたらめをやっているとしか思えないのである。

2

そこでもう一度、生れた赤ん坊をふりかえってみると、数え年一つの時は、感情的に自分というものを作り、同時にその人というものが本質的にできてしまうだけではない。それに付随したいろいろなもの、つまり外部の世界とか、心の世界とかいったものもできてしまうような気がする。雪だるまなら、そのシンのようなものを感情的に作り上げてしまうのが、この時期である。

意志の働きがはっきりみられるようになるのは、数え年二つからである。数え年二つ、三つのころは、いろいろなことを繰返し繰返しやる時期のように思われる。ジイドは「自分は情景の描写を、その人のいいぐせをとらえてするのが効果的であると思ってそれを実行したが、これは誤りではなかった」といっている。このいいぐせだが、人は寝言をいうとき、割合にいいぐせがよく出るものである。娘の寝言を聞いたことがあるが、三つのころ、こんなふうによくいった。「靴ありますし、雨靴ありますし、ゴム靴ありますし、靴ありますし……」

これは一例だが、人のいいぐせというものは、大体数え年六つまでで決ってしまうのではないかと思う。つまり、その人の言葉の世界における染色体のようなものが、そのころできてしまうのである。そういうものを作るために、あるいはそういうものの最後の仕上げをするために、何をやっても、繰返し繰返しやるのだと思う。

なお、この娘の寝言だが、そのころの女の子の遊び方は、そんなふうに空想の世界で遊んでいる。いくらでも一人で遊んでいる。男の子はちょっと違う。男女性が二つ、三つですでにちゃんとわかれている。これは当然であって、後に男としての生活をし、女としての生活をする一番もとの準備をそこでしているのだと思う。

次に自分の記憶をたどってある記憶が他の記憶より先であった、あるいは一つの記憶の中における情景が立体的なものとして浮んでくる、そういうふうになるのは、だいたい数え年四つからだと思う。それより以前にさかのぼってはできない。それで私は、数え年四つをかりにカントのいう「時間、空間」のできる年ごろと名づけている。すべて断定しているのではない。そうじゃあるまいかと言っているのである。

こうして五つになって、さきにいったように、自他の区別ができる。

数え年六つは知的興味の最初に出てくる時期である。集団生活を非常にしたがるのも、大体六つのときではなかろうか。知的興味の特徴はこんなふうの質問にあらわれる。「ここにどうして坂があるの?」だから、そこに出てくる興味の芽ばえを「アホなこと聞く、この子は」と一蹴してしまわないことが、非常に大切である。とても答えられるようなことを聞いてこないのだから、むしろ不思議なことが聞けるものだと思ってみてやってほしい。

私の経験をいうと、その年ごろのことだが、身内の中学生と一晩いっしょに寝ていて、その中学生の繰返していた開立の九々、―二二が八、三三、二十七というあれだが、一ぺんに覚えてしまったことがある。むかし、寺子屋では最初に論語の素読を教えたと聞いているが、このほうが理屈にあっていると思う。とにかく眠れないから聞いていたというだけで、開立の九々をおぼえてしまうような時期である。

論語の素読というのは、この最初に興味の動きはじめた時に、一番必要なものをみんな覚えさせるというやり方であって、これがあとになって、パッと出てくることになる。少しだけ傾いたミゾへ水を流すと、澄んだ水ならよいが、少し泥がたまっているとまるで流れない。今の教育はちょうどそういうやり方だ。

小学校でとりわけ大事なのは三、四年のころである。もっとも、私は戸籍をいつわって七つから学校へはいったので、三、四年というのは私自身が三、四年のころのことだが、「かわいそうに」ということがわかるのは、その年ごろである。また、かわいそうなことを平気でするものを憎む、つまり正義心の動きはじめるのも、その年ごろである。だからこの三、四年で正義心や廉恥心のセンスをぜひつけねばならない。正義心とか廉恥心とかが社会からなくなることは、周囲が乾燥していると、いくらでも火事の原因があるのと同じことであって、直ちに社会は腐敗する。社会をすぐ腐敗させるようなものを学校から出してもしかたがない。

文化というものは理想がなければ観念の遊戯と区別がつきにくい。この理想は、一口にいうと心の故郷をなつかしむというような情操を欠いてはわからない。国民がバラバラにならず、一つにまとまるというのも、一つのにかよった心の故郷をなつかしむという情操があるからである。西洋文明でも、文化の再興隆は文芸復興というかたちで行われた。あれも、過ぎ去ったギリシャの文化をなつかしむという気持が根底にあったので、なつかしさの情緒が基調になっている。こうした文化の根本の情操も、すでにこの三、四年のころに動きはじめる。むしろ、そのころのほうがよく動いているのではないかと思うが、よほど根本的なもののできてくる時期である。

次に中学校だが、私は小学校を出て中学校の試験を受けて落第した。それで一年間高等小学校に通ったのだが、読書力をつけようと思えば、中学の一年ごろが一番よい。読書力といっても色々あるが、ここでいう読書力とは早く読む読書力のことであって、この年ごろをすぎるとその力はできない。たとえば芥川の読書力は一時間六〇〇ページといわれている。私はそのころ博文館発行の『新書太閤記』とか、『水滸伝』とか、『通俗絵本三国志』などという厚い本ばかり読んでいたが、今でも本は割合に速く読める。本が速く読めると、割合に大きな計画が立てられるので、この読書力もやはり必要だと思う。

中学校の三年、今の新制中学の三年だが、これがまた非常に大事な時期であって、第二次的な知的興味がこの時に動きはじめるんじゃないかと思う。その興味の特徴は、知らないからおもしろい、わからないからおもしろいというもので、よくわかるからおもしろいというおもしろさを喜ばない。しかもこの年ごろに非常に心をひかれたものが、かなり多くの場合、その人の生涯の行く手を決定してしまうのではないか。

それから記憶力には、あるいは記憶力と呼ばない人があるかも知れないが、おぼえて試験がすめばすぐ忘れてしまうという記憶力がある。だいたい精神統一の結果だが、それをつけるためには、中学の三年から高等学校の一年ぐらいが一番よい。その時期が過ぎると、そういう精神統一の練習をさせても、うまくゆかない。

私は中学の三年ごろに「真夏の夜の夢の時期」という名をつけたいと思う。中学校から高等学校のはじめのころであって、だんだん大脳前頭葉が使えるように仕向けてゆく時期である。夜があけはじめ、ものの色、形が見えてくる。それを高等学校でつづけてゆくが、その時期をすぎると、そのアビリティは伸ばせない。以前なら、学校外でめいめい勝手に伸ばせたが、今はピッチリ時間がつまり、まるで壁に塗りこめられて住んでいるようなものであって、疲れきるまで教えられる。以前は教育はでたらめだったといえばでたらめだった。しかしそのかわり、隙間がうんとあった。人はその隙間に住んでいた。

こうして以前の学制でいえば、中学校をすませて高等学校にはいる。この高等学校もまた非常に大切な時期である。人はそこで道義の仕上げをするとともに、理想の一番はじめの下書をする。理性がほんとうに働き出すのもこのころからである。以前は理想をつくるために三年間という空白の時間を与えていた。そのことを意識していた識者も少なくなかったろうと思う。しかし、こんな時間の使い方は無駄だとでもいうのか、真先に以前の高等学校をやめてしまった。それでは理想はつくれない。理想がつくれないのに大学が選べるはずがない。どの大学のどの科にはいるという選択もできない。そこで勢い就職を目標にするのは当然だと思う。理想などいらないといって高等学校をやめ、次に道義もいらないといって義務教育が今のようになってきた。それが現状である。しかし私には、人生を渡る二本の橋は、道義と理想だとしか思えない。

3

それはそれとして、理想について結論からさきにいうと、理想の内容は真善美だが、これはただ、実在感によってのみこの世界と交渉を持つもののように思われる。私は理想をはっきりいった人がいないかと思って、そういう言葉をさがしたが、どこにも見当らなかった。しかし、理想を生涯追い求めてやまなかった人は、いくらでも数えられる。たとえばショーペンハウエルがそのよい例である。

西洋の文化史でいうと、ギリシャ時代からローマの暗黒時代をへて、再び文芸が復興した。文芸が復興するためには、暗黒時代に支配的であった観念論を打破する必要があった。このことは、ガリレオをみればよくわかる。とにかく、文芸復興は観念論の打破にはじまっている。それからだいたいデカルトへんまでは理性を問題にしたが、理性は文化の手段であって目的ではない。そこで手段でなく、ものそれ自体を見なければならないということに気づいたのは、ずっとおくれて十九世紀にはいってからである。

十九世紀は、だから一口にいって理想を問題にした時期である。たとえば文学ではゲーテの『ファウスト』にしても『ウイルヘルム・マイスター』にしても、理想というものを取扱っている。ショーペンハウエルも、フィヒテもそうである。数学でも事情は同じであって、リーマンがそうであった。リーマンの「エスプリ」は、理想を追い求めてやまない精神のことである。ショーペンハウエルは「バッカスの杖を持っているものは多いが、バッカスの風貌を備えているものは少ない」といっている。これは文化を取扱うための手段をよく知っているものは多いが、文化それ自体の顔つきを知っているものは少ない、という意味である。ショーペンハウエルはこれをフランスで捜したが見つからない、イタリアにもない。とうとうギリシャまで行ってプラトンをたずねたが、意志の世界に理想はないといってそれも捨て、だんだん舵《かじ》を東にとってシナまで行って寺の門をたたいたが、ついに理想の姿を発見できずに終っている。だからショーペンハウエルは理想の姿はとらえていない。しかし他の姿を見てはこれではない、これではないといっている。理想というのはそういうものである。

私は俳句は芥川（竜之介）に紹介してもらったのだが、芭蕉一門の存在は、よく考えてみると、いかにも不思議である。なぜかというと、俳句は五、七、五の十七字に過ぎない。だから今日非常によいと思っても、翌日になると、昨日は気のセイだったのではないかと思うかもしれない。むしろ今日非常によいと思えば、あすはその反動で、昨日はどうかしていたんだと思うだろう。

芭蕉はよい句というのは、名人でも一生にせいぜい十句といっている。まして一般の人は、それよりずっと少ない。にもかかわらず芭蕉一門の人々は、十句という、ただそれだけのもののために、生涯を真剣にささげることができたらしい。どうしてそんな薄い氷の上に身をのせるようなことができたのか。私は俳句や連句、特に蕉門の人々について詳しくしらべてみたが、その結果、美というものは強い実在感だということ、それが支えになって、あんなことができたのだということがわかった。

善については、孔子は南の方へ行って生命の危険にさらされたことがあった。孔子に対して殺意をいだいていた人間がいて、木を倒し孔子を圧死させようとしたのだが(大木か何かが倒れてきたのかもしれない)、孔子はそういう席にいて、泰然として「天、道をわれに生ず、某公われを如何せん」といった。論語にはその人物の名前は出てくる。そういうつまらない人間の名はおぼえていなくてもよいから私は某公というのだが、孔子はその時、善の実在することを信じて疑わなかったのだと思う。

真については、リーマンがまだ大学を出て間もないころ、自分の論文について講演をしたことがある。これをきいたガウスは、その帰り道、知合いの数学者に話しかけて「自分は長い生涯の間で、今日くらい感銘を受けたことはなかった」といった。ガウスという人は、人に会うのがきらいで、天文台に閉じこもり、一七三分の一か、それぐらいの分数を小数点下四〇位まで計算していたという変り者で、そう簡単に感銘などしそうなオヤジではない。また一般の人に話しかけるというようなこともなかった。その時、ガウスを感銘させたのが、この真だったのである。

真善美は私は実在感だと思う。その真善美の中では、美が一番わかりやすい。私は平素、数学の一番よい伴侶は芸術だといってきたが、よくゼミナールを休んで、学生たちを絵の展覧会につれてゆく。なぜかというと、そこによい絵があって、ちょうどその時自分の心の窓が開いていたら、そのものの上に全き美というものを見、美は実際あるということを感じることができるからである。この感銘とか、実感とかいうものをうることが非常に大切なのであって、それがまた芸術の存在理由でもある。真と善はなかなかわかりにくい。しかし美はそれを容易にゆるす。そして一たんその実在を感じると、効果はどれからでも同じである。それが理想というものだ。

芥川はどこかで書いている。自分は文学を、つまり創作を自分の一生の仕事として選んだが、そう決めて、東京の町はずれを歩いていたとき、雨の水たまりがあって、電線が垂れさがり、紫の火花を出していた。そのとき自分は、他の何ものを捨てても、この紫の火花だけはとっておきたいと思った、と。

芥川はそのように出発した人であって、途中「悠久なるもののかげ」という言葉を使い、終りころ「東洋の秋」とか「尾生の信」を書いた。生涯、美の姿をとらえようと追いつづけ、遂にとらえることのできなかった人である。だから美とはどんなものか知りたい人は、芥川を読めばよくわかると思う。

漱石が、その秋に死ぬという夏、和辻哲郎に手紙を書いている。その手紙の中で、漱石は、自分はこのごろ午前中に創作活動をし、午後は籐椅子か何かにもたれて休養することにしている。午前の創作活動は午後の肉体に愉悦を与える。芸術はここまでくれば嘘ではない、という意味のことをいっている。私はこういうことをはっきり書いたものは、これ一つしか知らない。数学上の発見が、心に鋭い喜びを与えることはよくわかる。これは根本的なことだと思う。しかし創作活動が肉体に愉悦を与えるということは、私には想像がつかない。非常に貴重な文献ではないかと思うのである。

理想のことをいったが、あとは大学以後、自分の選んだものをやってゆけばよい。つまりかぼちゃの実がなるわけであって、実がなってそれが熟するのを待つだけである。これが、だいたい私の、人というかぼちゃの生いたちの第一次的な下書である。

六十年後の日本

私は人というものが何より大切だと思っている。私たちの国というのは、この、人という水滴を集めた水槽のようなもので、水は絶えず流れ入り流れ出ている。これが国の本体といえる。ここに澄んだ水が流れ込めば、水槽の水は段々と澄み、濁った水が流れ込めば、全体が段々に濁っていく。それで、どんな人が生まれるかということと、それをどう育てるかということが、何より重大な問題になる。人という存在の内容が心であり、心が幼ないころに育てられるとすれば、とりわけ義務教育が大切であることはいうまでもない。

ただ、どう育てるかが問題だといっても、教育でどんな子でも作れるというのではない。本当は人が生まれるのは大自然が人をして生ましめているのであって、各人はそれを自分の子と思っているが、正しくは大自然の子である。それを育てるのも大自然であって、人をしてそれを手伝わしめているのが教育なのである。それを思い上って、人造りとか人間形成とかいって、まるで人造人間か何かのように、教育者の欲するとおりの人が作れるように思っているらしいが、無知もはなはだしい。いや、無知無能であることをすら知らないのではないか。

　教育は、生まれた子を、天分がそこなわれないように育て上げるのが限度であってそれ以上によくすることはできない、これに反して、悪くする方ならいくらでもできる。だから教育は恐ろしいのである。しかし、恐ろしいものだとよく知った上で謙虚に幼な児に向かうならば、やはり教育は大切なことなのである。

　個人について見るに、楠正成の妻は、夫の敗死を知るやただちに正行たちを育てることに専念し、フレデリック大王の御妃は、夫の降伏を知るや時を移さず二王子の養育に専念した。

　国についても同じことであろう。敗戦の痛手を治すには、よい母たちを育ててよい子たちを産み、よく育ててもらうのが何より大切である。私はそう考えたからそういって来た。それから十数年になるが、私のつとめている奈良女子大学内でしかいわなかったから、外へはさっぱり伝わらないらしい。これではいけないから、外へ向かって呼びかけようと考えていた。

　その矢先だった。三歳児の四割までが問題児だと聞いたのは。厚生省がそう発表したと二ヵ月ほど前の毎日新聞にのっていたのである。医学的にみてはっきりとわかる者の数であって、きわめて重大な欠陥にしか目をつけていないのに、これだけの数字を示している。となると残り六割の半分に当たる三割も疑問といえる。この状態がそのまま続くとすれば、六十年後には国民の四割が廃人ということになり、国民のうち本当に頼れるのはとても三割はないと思うべきだろう。それで国がやっていけるものだろうか。

問題児が四割というのは、父母が悪い子を産んだのであって、その子たちはより悪い父母に成長し、さらに悪い子を産むだろうから、放任すればこの四割という比率は増大するだろうし、内容的にも悪質になっていくといえる。こんな事態になったのはひとえに、種族保存の本能を享楽の具と考えたためであろうが、これを治すにはどうすればよいだろうか。私は次の三つを同時に努めねばならないと思う。

まず、戒律を守らせる教育である。時実利彦著『脳の話』(岩波新書)を参照していえば、大脳皮質は古皮質と新皮質とに大別され、古皮質は欲情の温床であってサルなどとあまり違わないが、新皮質は人の人たるゆえんのものを司っている。

そして、サルなどの古皮質には、いわば自動調節装置が備わっていて、おのずから節度あるようになっているが、人には全然その装置がない。その代り、人には大脳前頭葉に抑止する働きが与えられていて、この働きを使って欲情や本能を適度におさえることができる。さらに衝動や感情や意欲を抑止し、それによって向上することができる。他の動物たちにしてみれば、うらやましいことであろう。しかし、意志しなければ抑止力は働かないのであって、欲情、本能もその例外ではない。

それで、戒律を守らせないで人の子を内面的に育てることは不可能といえる。教育がそのことをよく知って改めなければ、欲情や本能がその人を支配することになってしまう。いまは「何々しなさい」という教育ばかりで「何々してはいけない」という教育はほとんど行なわれていない。これが何より心配なことである。それにしても、終戦後二、三年という目をおおいたいような人心混乱のさなかに、どう考えてそれまであった戒律を取り除いてしまったのだろうか。

第二に国の心的空気を清らかに保ってほしい。町にごみを捨ててもまあ大したことにはならないが、国の心的空気を汚すと、それがただちにこどもたちの情緒の汚れとなり、それが大脳の困った発育状態となってあらわれる。そうであるのに、まるで汚さなければ損だと思っているかのように汚しているのが現状で、とくに種族保存の本能の面でそういえる。これはすべて厳禁すべきで、学校も厳罰をもってのぞむべきであろう。

進駐軍が初めて来たとき「進駐軍は日本を骨抜きにするため、三つのSをはやらせようとしている」という巷説があった。セックス、スクリーン、スポーツである。今やこの三つのSは、この国に夏草のごとく茂りに茂っている。私に全くわからないのは、この国の人たちはこれをどう見ているのであろうかということである。

第三に男女の性の問題がある。この問題を見きわめることは非常にむずかしい。男女の性別は真の生命の根源には見られないが、根源にごく近い所にすでに見られるように思われる。もちろん肉体以前の所である。私には、女性は情から知へ意志が働くし、男性は知から情へ意志が働くように見える。すると二つ合わせると、意志は全く働かないことになって安定するのかもしれない。

ともかく、男女は肉体以前にすでに相ひき、そこに男女間の愛情が生まれるようである。だから種族保存の本能のところには、精神的なものと肉体的なものとが混合しており、そのため他の欲情のようには簡単に抑止できないのであろう。

また、うまくいっている夫婦というのは、たとえば共同事業で二人の男性の仲がうまくいっているときのように簡単なものではない。仲のよい夫婦の典型は実に多種多様で、描写することがすでにむずかしい。とすれば教育者は男女問題について何を目標に教えればよいのであろう。

教育は全力をあげてこの点を究明すべきで、もし手にあまるようならば、少くともしばらくは元の男女別学に返すべきであろう。それにしても私に全くわからないのはアメリカの夫婦が一般に見習うべきものではないことぐらいすぐわかりそうなものをなぜ何の用意もなく男女共学に改めたのだろうということである。

ところで、これらの点を充分務めても、六十年後には日本に極寒の季節が訪れることは、今となっては避けられないであろう。教育はそれに備えて、歳寒にして顕《あらわ》れるといわれている松柏のような人を育てるのを主眼にしなくてはならないだろう。この寒さに耐え抜くことができさえすれば、一陽来復も期し得られるかもしれないが、私は、人力だけでここが乗り切れるものだろうかと思っている。

ここまでを心の中で描いたとき、テレビでこんなことを聞いた。

「内藤文部次官は、将来大学の入学試験を一本にして、試験問題は能力開発研究所から出す方針で、いま反対する大学を説得中である」と。

私は耳を疑った。そんなテストは、考えもしないで答えてしまう衝動的判断の能力を調べるだけで、本当の智力とは何のかかわりもない。この案が通れば、お母さんたちは目の色を変えて満二、三歳のこどもに衝動的判断力を増す教育を始めるだろう。そうするとどういう恐ろしい結果になるか、私には想像もつかない。多分こどもたちは、小さいうちに頭が固まってしまい、カボチャが小さいままひねてしまったようになるに違いない。

道は断崖にきわまっていることを知ったから、どれくらい深いかとのぞき込んでみたのだが、谷底は見るよしもなかったのである。もし転落し始めたら、今度こそ国の滅亡が待つばかりであろう。

胡　蘭成

天と人との際（抄）

第一部　申大孝

まえがき

世界文明の正統は日本の祭政とわが中国の礼楽に在り。しかし今の人はこれを知らず、両国も西洋と倶に世界歴史の節《ふし》に来至っている。これを飛び越えるか否かは、わが姿勢を検分してのちに待つ天啓によるのみである。

産業拡大で儲かっただの、儲かろうだのはめんこみたいなもの。今日は好いお天気で、子供がめんこをたくさん勝ってきたが、そんなものは置いて、手と顔を洗い、着換えて、親に従い、お宮参りにおいでなさい。

しかし神を拝めば聡明になるわけでもない。聡明な人が神を拝むのである。歴史の不連続の節に当っては、知ることが大事である。情報で細かく知っているというより、ものの存在とそのわけをはっきり知る、一点の疑いもなく知ることが歴史の大信になる。本著は日本の祭政と中国の礼楽の合鏡である。日本人は日本人の姿を自分で見取り、中国人も自分の姿を見取るであろう。

その前に、今年の春（昭和五十四年）出版した私の著、「日本及び日本人に寄せる」がある。それには、湯川秀樹博士が今世紀の物理学や天文学上の新発見に提出した問題に啓発された私が、大自然の五つの基本法則で人世《ひとのよ》の在り方と、現実の世界形勢の然るべきを説明している。

去年の暑月、「日本及び日本人に寄せる」の原稿を仕上げて、私は疲れきっていた。そんな中で伊勢神宮に参詣、清渚会で「礼楽風景」と題して話をさせていただいた。後、清渚会から送られてきたその記録を見ると、私の日本語力の不足と話の内容の簡略さはとても済まないと思い、小山奈々子さんの力添えで書き直したのがこの「中大孝」である。

この著の発想の進むにつれて、まず外宮のことで私は十年も前の、保田與重郎先生の大嘗祭のお話に対する感激を知った。そして日本の美については、私は岡潔先生のおっしゃられた日本人の情緒がよくわかった。孔子のいう仁、生後三ヶ月の嬰児の眼の高天原への懐しさがそれである。なお、史記には尭を讃える「其仁如天、其知如神」とあり、二句一緒がよかった。それで日本人の情緒と中国人の知性とが極く自然に合うと思って、嬉しくなった。

この著は概ね現実生活の美を以て思想を説明している。日本の絵、舞楽、住宅、和服、生花などからお雛祭りまでの、日本人の生活の造形、これを見る眼と説明する能力を普断教えて下さったのは小山さんで、この著のそういう面の知識と文章全体の情緒は彼女のものである。

この著は、日本人にとっても、中国人にとっても、自分の民族の好い物ごとを肯定しているだけに、読んで好い気持になるという為ではない。民族の好い物ごとにはこのわが代も責任心をもって何かをせねばならない、という心が己ずからにまとまったのである。

己未年三月三十日

胡　蘭成しるす。

礼楽風景

清渚会の皆さん、
私、伊勢に来てはただ幼い心情で神宮参拝いたすのみ、今日、神宮の境内でこうしてお話をさせていただくことは誠に恐縮です。然して嬉しい。

外宮は大事、内宮は高天原の祭り、外宮は大八洲の祭り

一

私、日本に参りまして、まず祭りを教わって、始めて論語と礼記を読み直し得たのは何よりも幸せでした。

論語に孔子はよく祭りのことをいう。もし太廟祭りの意味を知れば、天下の事は掌に在る如く明白でありと。私は伊勢神宮の祭りに参列させていただきようやく孔子のいうところの本当を思いました。

そして論語にいう君子は皇子であるとのこともわかりました。私は今まで君子をそ

う好きでなかったが、皇子のようなお方といったら、一遍に好きになりました。
そして伊勢神宮の内宮と外宮を参拝して、礼記のいう郊天祀地がわかりました。

二

中国では大昔から清朝まで天壇と地壇があった。天壇は伊勢の内宮に当ります。地壇は社稷壇ともいう、すなわち外宮であります。社稷とは国家ということでもありました。

但し、中国では天子易姓であったから、天壇の外に太廟がありましたが、日本の天皇は万世一系で、内宮が天壇、そしてそれこそが太廟なのです。元来、天子は天の子で、天即ち祖先であります。

三

天照大神の稲授けと外宮の山の幸と海の幸を思って、私ははっと気がつきました。キリスト教にこれがないのです。

キリスト教のエホバ祭りは天を祭るに当るが、外宮に当る祭りはキリスト教にない。故に人世《ひとのよ》の建設がないのであります。

天照大神の稲授けと歴代天皇の大嘗祭と年毎の神宮の新嘗祭は人世の建設と報本の

悟りなのであります。中国でも清朝まで大嘗祭と新嘗祭を最も大事にしていた。西洋にはこれがありません。

四

ギリシャの諸神の居所オリンピス神山にも、ヘブライ人の聖書にいうエデンの国や天国にも、高天原のような風景がない。仏教の究極の境地にもそれがない。高天原には稲造りと機織りがあった。その演繹で人の世に礼と楽との風景が啓けたのである。

古事記にはよく修理固成といい、保田與重郎先生はこれを天成と語る。天は生発であるが、その遂行がすなわち成就であり、その間のつながりは稲の授けにおける約束にあります。しかし、西洋では外宮がないため、天国と人の世とに断層ができ、人の世ともいえない俗界の社会の営みしかないのである。

五

西洋にはその断層のせい（所為）で、人間は神さまのところから来た、神さまは人間の祖先で、高天原は太廟であり、というようなつながりが絶たれた。そして教会などというものができたのである。

ローマの皇帝は遂に神の皇孫ではなく、代りに神職が斎主になり、ローマ教皇ができたのである。ローマ教皇はたとえ一時はローマ皇帝を兼ねても本当の斎主にはならないのであります。

斎主は大事、天子親祭と天子親政は同理である

一

日本の神職は斎主にはなりません。斎主は天皇であります。神職はその助役に過ぎぬ。民間の祭りも斎主は世の主（ぬし）、神職は助役、すなわち「相《すけ》」であります。論語に曰く、「宗廟之事、願為小相焉」と。宗廟の祭りには、天子や大名が斎主で、神祇宮の頭《かしら》が助役で、その下に宮司と神職達とが祭りの儀式を奉るのであります。もと日本の左大臣、右大臣、中国では左相と右相、周礼に左相は神祇宮の頭、天子を相《たす》けて祭りを司る。そして右相は天子を相けて行政を司る。これが祭政一致であります。

祭政一致と西洋史上の教廷政治とは別のものです。西洋では外宮を知らず斎主もおかしくなり、祭と政との間には断層があって、教廷政治などは始めから無理であった。今、日本とわが中国のインテリ達が祭政一致の言葉を聞くと官能的に反発し、西洋史

上の例を引いて政教分離以前へ逆行の時代遅れというのは事情に無知も甚だしい。

二

今から約十年も前、保田與重郎先生が筑波山の私の関係した会で神武天皇と大嘗祭のことを二時間にわたって講演された。学説に拠る深淵な説を説かれるそのお姿は石像の如くであった。しかし、当時私には高天原からの稲の授けと天子即位の大嘗祭とは、文明の由来たる根本であることがよくわからなかった。今これを思うと新たに先生に対して感激する。

大倭民族は、世界史上の文明を始めた幾つもの民族と同じ古い出身であります。古事記によれば、箸は中国から流れてきたそうですが、稲は決して中国から伝えてきたのではありません。稲の大昔の歴史は、日本と印度とにおいておおよそ同時代からであったが、主食になったのは中国よりむしろ日本と印度の方が早かった。中国の文明は早期長く黄河流域にあったが稲作はおよそ長江流域のもので、周時代から始めてこれを主食にしたのである。それ以前の主食は稷であった、だから社稷といって、社稲といわない。従って、大嘗祭や新嘗祭について周礼に書いてはあるが、日本のそれは中国からの伝えではないのです。

大嘗祭や新嘗祭は漢字を用いているにもかかわらず、日本のものは日本自らのものであった。外宮と中国の社稷壇は各々独自の覚りなのであります。

三

内宮が祭であれば外宮は政といえる。それが祭政一致のもとなり。天皇親政もここに由来します。

しかし、今は尊皇の人達も親政しない方がよいという。それは彼等の西洋的政治知識がこれと辻褄が合わないからである。親政とは礼楽の政でなければならない。然して彼等が政に無知なのは祭に無知によるものである。

四

西洋の宗教はたとえ内宮に当る祭りがあっても、外宮に当る祭りがない。天があっても、その生発の遂行成就がないのでは、天も空しく、そこで、仏教は一層天や神をも見捨てて、究極の自然涅槃だけでよいというのであります。

独り日本とわが中国では神あり、祭りあって、しかし宗教に非ず、礼楽の世を建設する。私がある秋、伊勢神宮の稲収穫の風景を見て、自ずから湧き起こった神代と人世《ひとのよ》の悠遠たる思いがそれであるとわかりました。

日本文化は外来の真似でなく、外宮で天下を聞こしめし知ろしめす

一

文明は無から有という悟りで始めたのであります。故に老子のいう無と有と、仏教のいう空と色とは偉い。しかし日本では内宮と外宮とでこれがうまく表現されている。内宮は無、外宮は有、それで日本文明が生長遂行してきたのである。

日本人は最も自然に外来のよいものを取り入れる。奈良朝と平安朝は唐や宋の文物を学んで自分のものに生かし、また仏教の造形を自分のものにした。そして近代では西洋の数学と自然科学を取り入れ、しかも西洋人より数学の数学なるところと、物理学の物理学なるところまで追究している。日本人のこれらの成功はすべて外宮での知慧からであります。

日本の文物は中国の模倣でなく、学んで創造したものであります。短歌と俳句はその著しい例であります。

二

湯川秀樹博士が誰かとの対談に、西洋人の手は不器用だといったことがあります。

手の器用は心によるもの、頭によるものではない。たとえば日本人は指で三味線や箏の音階を絶対精密に決めます。指で、心の無でこれができるのであります。西洋人にはこれができない。無を知らないからであります。

内宮に外宮、その理が心と指とにまで通じている。生花、茶、和式住宅、日本人の行儀がすべて神々しいのは、内宮に外宮のことからである。

三

故岡潔博士は字書きは幼稚鈍拙でしたが、私の執筆法を習って一遍に平正雄勁自然な字を書かれ、私を驚歎させた。博士のお伴で和歌山に旅行中、博士は旅館で短冊に「神代幽遠」の四字を書かれ、これまた傍にいた私に響いたのでした。

仏教に顕密二義あり、内宮は密、外宮は顕、しかし内宮外宮の呼び方は密教顕教の言い方よりずっとよいです。こちらは現実に天下国家を啓いたのであります。外宮は内宮の生長遂行ですが、仏教のいう顕密二教には生長成就の意味がないのです。

日本文明の人世《ひとのよ》は高天原からの生長遂行だから、故に人世も幽遠なり。そして日本人の平和観念は高天原の風景からであります。日本史上戦乱の時代においても、天皇の年号を思えば人の世は幽遠平和なりの感があったとはこの故であります。

やはり日本のこととわが中国のこととは間然なし。内宮と外宮は、荘子がいう「内聖外王」、内には王の徳、外には王天下の業でこれまた顕密などというよりぴったりと合う。しかし荘子は荘子で、私はやはり内宮外宮を参拝するのが嬉しい。

神と人とのつながりと分際は稲授けと外宮による

一

外宮の道が失われては、神と人とのつながりが断たれる、人の営みは大自然に対応できなくなり、故に西洋では物質ばかりの社会どころか、神にすら「神代幽遠」の句はつけ得ず、ギリシャ神話にでる神代も、キリスト教の天国も、幽遠の思いがないのです。

西洋では神とのつながりを断った人類の営みは罪になるばかり、一方、人の営みとのつながりを断ったエホバ神もせわしくて落ち着かなくなり、そこへイエスが出て、その弟子たちと一所懸命に人と神とのつながりを繕おうとしたが、せっかくの教会が内宮のことを知らないので埒があかない。

イエスとその門徒の努力にもかかわらず、新約ではエホバ神の約束も大分薄れた。旧約ではエホバの約束はアブラハムの子孫に国土を与えるといったが、新約ではそれがなくなった。外宮なくては約束の実現しようもないのである。

二

また印度では、人の営みが神とのつながりを断ったため、仏教のいう五濁の悪世になったのである。しかし現世を否定するとどうしようもなくなるので、西洋人は新約より旧約を奉持するカトリックが多く、印度人は仏教より神の賑やかなヒンズー教に頼ったのであります。それもいずれにしても外宮のことはわかりはしません。

稲授けと外宮での人と神とのつながりを知らなければ、人と神との分際も知りようがない。ヒンズー教の神話でも、ギリシャの神話でも英雄は神の続きとしている。しかし英雄は人間の分際であって、神の続きではないのです。古事記に伝えている神代は、稲授けにより天皇の御代と際分された。これが史記のいう「天と人との際《きわ》を識るべし」なのである。しかし印度と西洋では神代と人代の交代はどうであったか全く不明である。

稲授けと、外宮で神代と人代とはつながりながらしかも分際あったことは、大自然の連続と不連続の統一法則そのままであり、いかにも創造的、しかも実になる日本文明は頼もしく、活発と幸せのものである。それに比べて印度の歴史も西洋の歴史も、すべて人の神とのつながりと分際を知らないから、はかなさになっているのです。

古事記の真実性と日本語

一

私は伊勢神宮の新嘗祭に参列させていただいたことがあります。星辰の下に皆と跪いた石と土とわが身、ただただ懐しく、いとしく、眼前に勅使の斎主と神官で祭儀が司どられている。わが祖先が建国の、雄勁なる、しかも鎮まりいます思いあふれて。その日の朝、私は神宮境内を歩いて、自分は生涯ここの石のきざはしと玉砂利の径の掃除役をするだけでありがたく何の不足もないと思った。

私は中国人ですが、こうして日本の神と祭りに少しも隔りがなく、わが身のこれまでの生涯の悲しみを覚え、且つ嬉しかった。そして今わかりました。かつての日本人が隋唐のものごとにも、ただただ懐しく、いとしいので、あんなに上手に学んだに違いない。日本人は西洋の科学を学ぶにも懐しさといとしさがあった。ために皆自分のものになり得たのである。西洋人には懐しいやいとしい気持がないので、日本に来て茶道や俳句まで真似ても全く違う。

しかし今の西洋かぶれした日本の学者は、感激と嬉しい心で古事記を読もうとせず、古事記偽書説で功名を立てようとしている。太安万侶の墓誌銘が出てもまだ証拠不十分という。懐しいといとしいの心を欠いては、自分の親をも証拠不十分で認知し難しになりかねぬ。敗戦直後、海外の日本人は命からがら祖国に戻って、入国許可に日本人である証拠はほとんど不十分であった。今のインテリは世に貴い真のものがあることを知らず、やれば何でも偽作できると思っている。

私はかつてある御婦人に、古事記で建速須佐之男命が高天原に登り、天照大神と姉弟対話のあと暴れ廻っていたところを読んでいただいて、そのすばらしい韻律と調べに感服した。つい先頃小山さんから国宝真福寺本古事記をいただいてこの漢文があのすばらしい日本の読み方になれるのかなと、これまた驚いた。よくよく見れば、やはり漢文からの訳ではなく、漢文で日本語を記したのである。

それで私は新たに日本語の特徴を考えてみた。日本語は世界で他に類のない独得の韻律と調べを持っている。これは前にいったわが身と天地万物に懐しくいとしい情操からの韻律と調べだ。日本語はこの韻律と調べで物の奥に達す。芭蕉のいう蟬の声が岩に沁み入るが如し、または雨水が土に沁み入るが如し、または恋人が口にした言葉の如く、一度耳にしたなら永遠に忘れないもので、あのように古事記は口伝し来得たのである。

印度の大昔の神話を伝えたベーダは全篇唄の韻文で記憶しやすく、且つ早くも文字(吠陀《ベーダ》)に記したが、日本の古事記は歌も入っているが散文の語りでよくも長い歳月記憶し来たった。中国語も西洋語にはないすばらしい韻律と調べを持っていますが、早く文字があったため、かえって日本語に及ばないかとも思う。

この前、私はある女優が朗読する源氏物語の古音のレコードを買ってきて聴いた。日本語の古音はいいな、艶麗かと思うとそうではない、渋く、厚く、鎮まった発音、しかも響きの高い韻律と調べで、古琴を聴いたようであった。この発音では何ものも落着く、逃げたり消え去ったりの恐れは絶対ない。またその韻律と調べでは全篇唄式でなくともよい。なるほど、古事記もこういう日本語だからあの長い歳月を記憶し得たのかしらん。私はあのようによい語りを聞き記した太安万侶が羨ましい。語った阿礼は巫女か、年是廿八とある。

これで私に一つの疑問が解けた。私は日本にかつて文字がなかったことは補い難い空白であり、しかしよく文字がなくて倭文明を奈良朝の初期まで発展させてきたと不思議であったが、日本語で始めてこれが可能だったのである。

私の日本文を読む力で万葉集を読むのはむずかしいが、それでもその韻律と調べに心ひかれる。日本語は四声は中国語に及ばないが、韻律と調べは中国語に優っているらしい。四声も、五十音表記では不備だが、語り方の中には備えているそうだ。そして万葉集の韻律と調べは中国の詩とは全く別で、こんなによいものがあるとは奇跡としか思われない。そして万葉集の歌の情操はまたこういう日本語と不可分で、中国の詩情と全然異るもの、私は何遍となくこれはなんだろうと考えさせられた。万葉集があることが私は本当に嬉しかった。

古事記も万葉集も漢文で記したが、少しも漢文に同化されることなく、漢文が日本語に帰化した。日本人の皆さんは今、いかなる時勢に当っても、日本語とそれによってできた日本文学のこの体質は、永遠に変質すべきではないでしょうね。

私はこうして日本語を含めて日本のよいものはすべて、あの神宮境内で新嘗祭の夜感じた万物とわが身の懐しさ、いとしさによるのであった。しかし私はあの祭りに参加させていただいてから七年、八年も経って、今ようやくこういうことがわかったのである。

日本の祭政と周礼の王制

一

中国ではかつて天壇と社稷壇と太廟の祭りとによって朝廷が啓かれ、楽と礼とを以て人の世を治めていた。その事実とわけを記録したのは周礼「王制」である。然して、私は日本の伊勢の内宮と外宮に参拝して、始めてこれは周礼の原型と気がついた。すなわち、礼楽の楽とは神楽、礼とは神前進饌撤饌の儀、そして士とはすなわち斎主の天子を相《たす》けて祭りを司る者たちであった。こういう祭りによって啓かれたのは、朝廷と井田制の人世《ひとのよ》の風景であった。

周礼の王制に、朝廷は天子を奉って、春官、夏官、秋官、冬官を設置す。春官の頭は天官大冢宰、すなわち第一首相、天子を相けて天下の祭りを司る。その下は楽部・礼部・史部・卜筮部・天文と数学と博物の部に分けて、以て万民を教化す。夏官の頭は大司徒、すなわち第二首相、天子を相けて、下を幾部かに分け井田制の農作、灌漑、財政、商旅、兵役と教育の行政を司る。秋官の頭は大司寇、今でいうと法務大臣と国防大臣を兼ねる、天子を相けて法律と兵役征伐を司る。そして冬官大司空は、すなわち今の工業相と科学技術庁長官を兼ねる職であります。

周時代のこの王制の特色は、今の議会が政治を指導するのと違って、祭りが政治を指導する、すなわち大自然に対する感激と悟りの新鮮さで政治を施す。故に職官は春官夏官秋官冬官と称し、俳句に四時季節ありの如く、政治は知性的、詩的であった。権力による統治に非ず、教化であった。これが礼楽の政治で、上は天子親政、下は士が政治を行うわけである。

天子は祭りに臨むとすれば斎主であります。下に神職がつとめます。朝廷に臨むのも天子は斎主の如く、下に官職がつとめます。こういうわけで、天子は親祭親政しながら、無為ともいえるのであります。これで諸君も親政の言葉がわかってくるでしょう。

二

伊勢神宮の新嘗祭は、周礼王制の春官のことを思わせた。新嘗祭には占卜もあった。そして、日本にはかつて神祇官があった。なお、中国史上の井田制のように、日本奈良朝も授田制を実施した。私は日本に来て祭政一致の言葉を聞いてから永年考えてはっと周礼王制と対面した。しかし祭政一致の言葉を教えてくれた日本の知人は、例外なく案に相違して天皇親政に無関心または反論を唱える。これは私の今までの説き方が拙かった故であります。私も以前、伊勢神宮の斎主のことを聞き、外宮のことを聞いてわかったとはいえませんでした。但し、私はこの言葉をずっと心に留めており、今頃になってふとこれを天子親政と接点させて一度にわかって、始めて簡単明了に説き得たのです。

すなわち政治は民主ではなく、斎主でなければならないのであります。

三

私が書をかくことで悟ってきたことを以て、政治のしかるべきを説明しましょう。

書をかくことには意志があり、息がある、しかしそれは頭と手ではできない、心でできる。心で頭と手に通じて始めてでき得る。書に意志あり、息あって、変化が生ずる、以て佳書は大自然に叶う。書の書なるはこの大自然に叶うところに在り、そして心で頭と手に通じて書くのは修業であります。

こういう書をかくことによって、私は陶器も舞も見てわかり嬉しくなりました。そして政治も意志や息での生機の変化で大自然に叶うわけ。そして政は祭と一致すべきで、そして心で頭と手に通じてこれをやるべきなので、政も修行というわけ。政を為す心は天子で、官吏は頭と手の類であります。

心は無で、有の頭と手に作用す、天子は政に臨んでも祭りに斎主の如く、無為の為をなさるのであります。

そういえば民主には斎主が不在で、政治だけではなく、人世《ひとのよ》の心が欠ける、有ばかりのすべての営みに意志や息がない。それ故に、いまの産国主義体制の社会が大自然から疎外されたのであります。

政治とは縦正横平である

一

次のようが中国と日本の政治学である。

政とは正せ、治とは水平のように。

ものを正すには、まず心で。ものに心があって中の位がある。よって各部分もそれぞれの位につく、正しい姿勢を保つわけであります。心は体の中に在る、心臓に在るのではない。宇宙に心臓はなく、しかし心が有り、したがって自然界のあらゆる物体に心があります。宇宙にも、一物体にも、もしこの心が失せたなら、各部分のそれぞれの位も一遍に失われ、傾いて倒れる。

身体の平衡を保つことを生理学では自律神経という。自律神経は脳の命令によるのではなく、無の心で直接にそうさせるのであります。心は全体の各部分の隅々に直接作用させる。蚯蚓《みみず》は神経がなく、もちろん脳がない、それでも自律している。これで、無の心が直接に作用しているということがわかるでしょう。

なお、物理学では力の重心だけをいって、心を知らない。しかし、重心は心の作用で生きものであり、生命のある物体の重心は心で始終変易している。物体の結成も心で、中があって位が定まり、という所為で古事記のいう「結び」なのであります。万有引力も心の「中」での結びの作用ですが、物理学の解説だけでは宇宙の現象に対応できないところが多い。

核子は万有引力よりずっと強い、ロケットですら地球の引力から抜け出せる、いわんや光速、素粒子の運動の速さには万有引力の影響は全く取るに足らず、やはり心で核と結成した。宇宙では、銀河系と銀河系の間のあんなにも遠い距離に於ては、万有引力はほとんど到達しない、それでも全天体の秩序を保っている、すなわち大自然に心があって、中心より位ができ、これを結んだ。古事記にいう「結び」であります。

二

天子はすなわちこの心であり、中であり、位であって、国を結ぶ。万物の正は位による、易経のすべての卦爻に「正位」あり、でなければ「位不当也」（位に当らず）という。政治の政の字はこの正の意味である。天子の位が定まって、万民万物が各々その位に落着き、かつて日本史上戦乱の時代にも、天皇の年号の御代の悠遠なる安定感があったのはそれ故である。

禅語に「随処作主」とあり、その主は心であります。大自然に心があり、そして天子は御代の主。西洋で主というとすぐ奴隷の主人かと思われるが、あれは西洋に限った無明社会の話であります。奴隷制度は権力でのこと、しかし日本とわが中国では、もとより政権などという言葉がなかったのです。

孟子にいう権とははかり、世の秩序には経という常の掟があるが、しかし秩序とは生きているもので、時と場合によって事情の軽重緩急をはかって不連続の処置をも取る、それが権であります。それは知性の所為であり、力の所為ではないのです。もとより、天子と万民の位は書や画にあった位置の如く、西洋のいう権力とは無関係で、しかし秩序を強く生かしています。

大自然の五つの基本法則に連続と不連続の法則がある。もとより日本とわが中国の民間人の日常の暮し方には、権変の幅はとても広かった。しかし今は皆決めた方式でばかりして、いわゆる社会生活の秩序そのものはもう活発さがなくなった。政治においては、中国漢唐の職官志を見れば、各級の役所に心があり、主があって、正常処置と異常処置とをはかってする。そして天下の主は天子で、天下の事の経と権とをはかってさせる。これをもし民主集権といえば、これほど民主のものはなく、またこれほど集権的のものもない。しかしこちらは権力の権に非ず、知性的なやり方であった。しかも、数学や物理学が権力を借りなくても自ら威厳を持つが如く、知性の政治に威厳があったのであります。

三

物理学の力はもちろん一種の自然現象であるが、これで宇宙の秩序を保ったのではない。政治を権力で押さえるのは、西洋奴隷社会の後遺症でしかない。力の現象の背後には大自然の意志と息がある。その意志と息は物理学の力にも表現されているというより、書や画をかくことの強さに最も表現されている。花一輪にも強さと威厳があって、ぴんと秩序を立てている。政治にはこのようにやさしくて強いものを持っていなければならない。舞は力で舞うべきに非ず、政治を礼楽で行うのもこの類である。

四

政治の政の字義、縦に正せは宇宙の意志によるもの、天子親政に在り。そして治の字義、横に平には大自然の息によるもの、横平の井田制に在った。中国で周の末まで三千年以上もの間に施した井田制の世の中は、本当に水平のようであった。こうしてできた日本人と中国人のいう平和や、天下太平の平の字は、西洋人のいう peace にはないのです。peace とはおだやかの意味しかない。

書に譬えれば、政治の政の字の正せとは縦線の筆法であるし、治の字の平にとは横線の筆法であります。縦線と横線の変化によって、書のすべての点線の筆法となり、その結びで字体と章法（字と字との配置）が生成してきた。これと共通で、結体と章法はすなわち礼楽なのであります。

自然界の万象はすなわち卦象である。乾は天の象、縦線なり。大昔、幾つもの民族が柱を崇めた。中国では「天柱」といい、日本では神を数えるのに幾柱という。バビロニヤの石柱とギリシャとローマの神殿の石柱もこの類、すなわち天は縦である。そして坤は地の象、横線なり。易経の坤は「行地無疆」という。そしてすべての卦象といい、自然界の万象といい、みなこの縦線と横線によって発展したのであります。

これで、政治の政と治で人世《ひとのよ》を建設するわけがわかってくるでしょう。

五

子供の書展を見て、中学生より小学生がよい。最もすばらしいのは幼稚園児の書、縦線を真直ぐに、横線を真平らにかく。私をして驚かせ感歎させる。園児の書は生命の至純により、意志と息で直接に書《か》いたのであんなに柔かくて強い。私は十五の年から杭州で周承徳先生に書を学ぶに、先生は劃平、竪立、体方（横線は平らに、縦線は真直ぐに、字体は方形に）と教えて下さった。毎日北魏の臨書をして三年、ようやくでき、更に今になって、前人の名筆の平なり、直なり、体の方なりを見入って喜ぶことを知った。

私は永年の勉強でようやく書はなんであるかをわかってきた。

小山さんの部屋の床の間に私の書尺の字「機」一字の横額に、生けた斜めの梅の枝が翳っている、自分ながらその字の墨色のしずまっているのを見て褒める。そしていう、政治の治めるもこの如きしずまりでなければならないなあ。もとより日本のものはたとえ机一つにも人世《ひとのよ》の落着きがあった。濤々会の豊田さんの舞の神々しいしずまった感じもこれだ。私はこれでかつての政治のしずまりは祭りの鎮魂の鎮と同じものであることがわかりました。

然して、書の墨色の鎮まりはその線の筆法によって始めて可能である。真直ぐに立たせる線、平らに広げる線、それを書くには、意志と息での筆の打ち込み方から修業せねばならない。かつて日本の陶工や大工はみな意志と息による線を使った。織工や染工も。染めの色そのものも線だ。これで私は政治の縦線の正と、横線の平も同じ修業であることがよく説明できた。

六

私は岡野法世さんが窯を開けたところを見にいった。中で特に一つの焼〆の壺、形も色もふわっと気持がよい。澄んだ空に漂っている満月のように、しかも蘇東坡の詩にいうように、

「飛輸暫難安」

実は月の軌道を飛ぶに驚険があり、これとしずまりとは一つになっている。

私の志業と暮し方は、本当は一本の朽ちた草で結んだ橋にわが身の全重量をかけて渡るかのようであるが、やはりどことなくしずまっているし、満月の空に何気なく漂うようなところをもっているからよくも滅びなかった。

法世さんは、この壺はほかのより手数がかかったといったが、苦労の跡は毫も見せない。全く無事無為の形と色でした。政治にいわせたら、人世《ひとのよ》の形も色もこの壺のように欲しい。組織した社会でなく、礼楽風景の世。

そして、私は先頃濤々会ですばらしい生け花を見た。おおらかに自然で、その立っている、広がっている線は、花咲くと一つ意志と息になっている。礼楽政治での世の秩序もこの生花のように成すべきである。

濤々会といえば、私はそこの人たちに書を教えている。夕食を一緒にすませて、和世師匠と紫山さん等三、四人が撤饌する、その動作の爽かさと皿の捧げ持つ形と小走りに去る姿は好く清く、まさに神社で巫女が進饌撤饌をしているようであった。私はこれを見て嬉しかった。

日本もわが中国もかつては良い政治で、民間の女人もすべては神前の巫女のようであった。私はそういう政治を再建したい。

七

もとより日本ではこういう人世《ひとのよ》はできていた。日本の人家に日常使っていた道具、庭、路端の風情に、みな思いがあった。私は戦後五年目に日本に参りましたが、目立ったのは女人の肌の清潔さ、あれは無邪気で、神々しい。日本の女人はすべて神前の巫女の感じでした。それに、日本の男の人はお祭りに出るひょっとこの質を有ってぃた。しかし今は人家や道具から男女の体質まで変質し、神々しいところは喪失し尽くしている。私は淋しい。

釈迦は時の世の無明を鋭く感じて一大思想運動を起こし、イエスも人類の罪を心痛く感じて一大思想を起こした。今我々は時の人類の動物化を感じ、日本のこともわが中国のことも、祭政一致から再出発の外に道はないのである。

それには、まず斎主の道をはっきり再建させねばならない。

日本神道は宗教に非ず、礼楽である

一

この頃、イランで政教一体の政変が起きているが、イスラム教の話を少ししましょう。

私はかつて大川周明氏から氏の訳したコーランをいただき、ちょっと読んで、アラビア人の生活の暮し方の掟がコーランの内容の重点になっていることを感じたが、それ以上深く考えようとはしなかった。しかし今はわかりました。

ヘブライ人の聖書旧約には、民の生活の暮し方の掟を重んじ、これを神の意志と直接につなげていたが、ローマ時代の新約になって、世俗の営みは神のことと全く分離した。それに、後マホメッドが出て反発し、沙漠民族の生活の掟と神の事とのつながりを復興したのがイスラム教である。

またある。旧約にモーゼからヨシェアまでは祭司と先知と王とは一人であり、後、歴王紀の代になって祭司や先知は王と分離した。しかしなお、王は神に選ばれたとそう変らない。しかしイエスの時代になって、王は完全に他のものとなった。そこへ、後、マホメッドが反発し、あらたに祭司と先知と王とを一人で兼ねたのであります。

旧約からコーランまでのこのいきさつは、むこうの歴史の土台をそのまま証言している。然して、日本の神道や中国の礼楽の道から見ればやはりゆがんでいる。むこうのはいかにしても外宮にならないし、また斎主にならないからである。

二

外宮は天照大神から授けられたものを祭る、しかし旧約やコーランにいう民の暮し方の掟は神が命じたことだけであって、神の授けたものがない。神の授けたものなら、稲であれ、山の幸、海の幸であれ、ついでに農具や漁具の工業であれ、一々神々しく、外宮において祭られるべきである。しかし神の命じただけの営みの掟では、それを以て神を祭っても、そんなものが祭られるわけにはいかない、すなわち外宮の祭りにはならないのである。故に、むこうの物は全然神々しくない。

文明とは物の神々しいところに在る。わが中国では、大晦日の夕べに農具や箒をも休ませて、菓子を少々供える。そして、私は日本人家の、物を珍重する心に大いに教わった。日本人家の食事に、主婦が椀、箸、杓を並べる手のしなやかさと顔の珍重さ、廊下から透かし入る陽差しに食卓の風景は神社に通じていた。日本婦人の襖を開ける閉じる時の身のこなし方も祭りごとです。それで、能楽や歌舞伎の楽人の袴姿と坐り方と楽器の扱い方はすべて吉祥喜慶なのであります。

これ、すなわち外宮の祭りからであり、また外宮の祭りの背景ともなっています。また、文明は人間の美と貴気に在る。これは天子は斎主ということからです。彼処ではモーゼもソロモン王も、またイスラム教のカリフもエホバ神やアラー神の前では下僕（しもべ）と自称する。これに対し、伊勢神宮の祭りの斎主は天の貴子であり、天孫である。中国でも天壇地壇の祭りに、斎主は天地人の人であった。西洋のとは品格が違う。

子兮子兮

民族の品格と底力

われわれ中国人は日本人の品格と底力を知りたい。日本人が中国人に対してもそうだ。それは、この民族を相手にして何か好いことを期待できますかというところからである。しかし中国人のことも日本人のことも実にわかり難い。西洋人の程度は知れているからよいのですが、日本人をわかるにはそう浅薄にはいかない。私は日本の神道がわかって、始めて日本民族を信じたのである。

湯川秀樹博士は荘子と西遊記が好きで、中国人は空想に逞しいというと、漢学の吉川幸次郎教授が、違う、中国人は最も現実的と反論した。私にいわせれば、湯川博士は物理学でもちろん現実的だが、しかしながら空想が好き、中国人が現実的、しかも浪漫的とはこの類であると思えばわかる。日本人もそうではありませんか。聖徳太子や豊臣秀吉や西郷隆盛の如きは、みな夢うつつの人でした。聖徳太子の夢殿の夢は仏教の「如夢幻泡影」からかと思われているが、やはり「神代幽遠」の境地からである。

そんな人を相手にするとは、詩経にいう「子兮子兮、如此良人何」。貴方よ貴方よ、こんなに好きな人をどうしよう、本当にしようがない人。かつて孫文や汪兆銘が日本と情を結ぼうとしても、今の日本が中共と情を結ぼうとしても、この相手はしようがないなあ。なお今、私は清渚会の諸君をどうしよう、であります。史上最もしようがない人は、中国史上の劉邦、日本史上の織田信長だったろう。そんな特殊な人物に限らず、大凡の中国人、大凡の日本人がみな森磐根さんのいう無頼文学の無頼の質を持っているそうですよ。

日本人は礼儀正しいと思ったらよくも暴れる。粗《ふと》い線だなあと思えば、非常に繊細な線があります。桜花の下に坐った幼い女の子、針と糸で花弁を通している。長い時間をかけてできたのはせいぜい一センチ位、空には花吹雪、女の子の膝に、肩に、髪に舞い降りて止まる。地面は花弁一杯散り敷いている。無際限なる春光に幼い女の子の心、家にいるおかあさんをも思っているかな。これまた日本の風景。

もう大分前のこと。中山優先生が私を案内して狛江村散策の途、どこかの里の神社で石の柱に彫った句を二人で読んだ。句は、日の国、水の国、稲の国とあった。それでその国の人をも知り得た。日本人を知るにはやはり日本の神道からである。

中国人の私はこうして日本人を知った。日本人も自分自身を知ればありがたい。日本を知れば中国も知れる。日本人がもし自分自身をわからなければ中国人をわかるはずはありません。

日本人の清純

私は終戦後数年間の日本を思うと、しんと心を打たれるものがありました。当時の日本娘と若い嫁は私の目に実に清純で、幼い子のように無邪気であった。青年男子は高校や大学に進学の年齢になると、誰彼となく俊秀な容姿を持っていた。後、急速に悪くなったのは生産倍増と試験競争が次第に猛烈化したためである。勿体ないと思う。彼時のおとなも今よりは親切・有礼であった。日本人はあの品徳が敗戦後の窮地をしのぎ、復興への弱々しくも勁《つよ》い芯となったのであろう。

この清純で、柔艶なり、柔勁なりなのである。然してそれには日本神道の背景があった。絵にたとえれば、本当に奇麗な画面であった。

私は先日、岐阜で森緑翠画伯の個展を観た。清艶柔勁な色と線、潔浄の画面である。広い空間と幽遠な時間のある画面に清純なる色の絵。私は嬉しくて、すべて日本文物の好い画面の空間と時間は高天原に在るとわかりました。

高天原は美しい、エデンの園など比べ相手にもならない。ギリシャ神話に出るオリュンポス神山よりずっと平和で、エホバの天国よりずっと艶麗である。中国の西王母の瑶池だけはこれに劣らず美しい、桃の花三千年に一度開くというのだが、やはり高天原には稲田と機織あり、織り姫の腕にかけている勾玉のさらさら音する方がいとしい。

西洋では聖母マリヤに国がなく、印度の観音も国とはいわない。日本民族の大昔の記憶には妣の国があった。然して、あんなに根深い妣の国も高天原の前には萎れていく。妣の国や常世はやや暗い、月のように高天原の日の景に覆われている。

後、仏教が日本に伝わってきた。それも、日本人は神の子でこれを扱った。弘法大師の書の戯れの気分はそれであった。宇治の平等院の藤の花房を描いている保田與重郎先生の文章を読めば、極楽浄土も仏教にはない平安朝の美であった。なお、保田文学に描いている「来迎」はすっと来て、またすっと去る。この子供の驚喜たるものはやはり神道的であり、仏教にはないのです。こういう如く、日本でのすべてのものは高天原の日の景で面白く、楽しくなったわけです。

日本で地方の農村の風俗に追儺など鬼やらいの節句祭りが、タブーに落ちなくて済んだのはみな高天原の日の景のためです。またある。日本には最も原始的性器崇拝の祠があり、それも青天白日の下にただ日本人の無邪気な悪戯となっている。今忘れたが天城山辺りだったか、私の旅の道、渓辺の露天風呂に村の男女が混浴していた。しかしわいせつの感は少しもありません。これを私は漢詩一首に託した。

我行桑濮上　鄭衛異風尚
道傍有神社　人家皆安敞
此地遺古俗　野浴脱紅褲
男心与女体　渓山同清想

——われ溝辺の桑畑を行く
鄭や衛の国の淫風なのか
道端に神社ありて
村の人家悉く安らかに広々と
ここは古俗残してあり
野天風呂に紅褲を脱ぐ
ますらおの心ばえ、
おみなのからだ

渓山と同じくみな清らなり――

日本人のこの清純、それはすべて神道からきたと私は思う。

乾始坤順

日本人は悪戯好きですなあ、よくも暴れ廻ることをする。然して、日本人ほど目上の人の教えや言いつけをおとなしく聞く民族も他にない。日本人は創造性に勝れた、且つ従順で柔勁な民族である。

今からほぼ二十年も前のある晩、私は新宿の飲み屋で中山優氏に日本の浪人は素戔嗚命の伝統であるといったところ、中山氏は大いに感服した。胡さんはよくも簡単に言い当てているといわれた。しかし日本人の従順は稲授けと神勅を奉るからとは、極く最近になってようやくわかってきた。

天時を奉る

一

ここではまず日本人の従順について話しましょう。

日本人、ことに女人は目上の人の話を聞くに「はい、ございます」と答える。これは礼記の「唯諾必謹」を学んだもの、学んだものだから本家の中国人よりさらに真面目なのかな、私は前はこう思っただけでした。それになお、日本人は明治時代から西洋の知識を習って新しい建設をしたので、学者を人一倍尊敬したからかと思いました。しかしこれは私の浅薄でした。日本人の従順の徳はもっともっと深く、高く、遠く、稲授けの神勅を奉ることからであります。もったいないことに、今のインテリはこの日本人の従順を封建的服従性だとけなしています。

従順とは大自然の演繹の徳、易経で坤の徳、力とほぼ無関係である。数学、すなわち従順の学問、公理に従い、定理に、また公式に従って、順々と演繹していく、故に数学は強い。物理学は数学より弱い、原因は物理学の理論的演繹の前提が数学よりお粗末だからである。最もお粗末なのは西洋社会構造の権力という前提、これではもう演繹の順でいかれぬ、力関係で服従させる。しかし日本人の従順は怖いからではないのです。日本の神は少しもこわくない、天皇は、平和と親しみのある京都の御所を見ただけでもわかる、天皇に畏れ多いというが意味はこわいと全然違うのです。

世間のすべての演繹、数学や物理学の推理の順、君臣父子兄弟夫婦朋友の順、乃至アイウエオ五十音の順、これらはすべて外宮のもの、その総元は稲授けの神勅を奉るの従順に在った。大自然の五つの基本法則こそ第一法則から第五法則へ伸びていくもの、一種の約束といえる。それを人世《ひとのよ》に具現したのが稲授けの神勅を奉るに在った。稲授けの神勅こそ絶対精密のもので、故にこれを奉る従順の徳が日本民族の最も強いところである。

聖徳太子の十七条憲法にいう「奉詔必謹」で日本国の体制を整えた。「奉詔必謹」とは神勅を奉る謹みからきたのである。吉田松陰は、「神勅誤らなくば、日本亡びず」といって立ち上がり、そして明治維新運動の尊皇はやはり神勅を奉る従順の心がもとであった。当時維新運動の強大さは力によってではなく、情操によってでした。力によってでない強大さは数学や良い書、陶器、舞にあるが如く、日本では良い政治にもこういう強大さがあった。今度のわれわれの思想運動もこうすべきだ。

二

これで孔子の教える孝の意味がわかりました。稲授けと神勅を奉るのが申大孝でこれが人世《ひとのよ》の文明の由来なるところだ。中国の慣語に孝とは孝順という。これで老子の教え「柔弱」の意味もわかりました。キリスト教の聖書にいう下僕（しもべ）が主の命令に服従するのは直線的であり、これが西洋人の動作のほとんど直線的であるわけ。しかし孝順の行いはみな丸味のある柔弱な線で、子供のように、女人のように弱々しく強勁である。

私は中学生当時偶々日本の小説を少し読んだだけで、漢訳を通して日本文のやさしさを感じ、ことに日本女人の言葉と動作にある柔艶に打たれた。わが中国ではかつて六朝時代の女人にこういう勁い柔艶があったかなと反省した。後日本に参りまして、日本女人の身体の線にみな丸みがあるのに気がつきました。着物の動いている線、部屋の障子の光線、みな柔勁であり、柔和であった。これで私は老子の教え「水の如く」の意味がわかった。日本文明の美は、こういういとしい色であった。そして今上の終戦の玉音一つで、何百万の日本軍隊が水を打ったように従順するのも、これと同じ美しさであった。

それが戦後米国式教育で台無しになった。西洋の優勝劣敗による生存競争論の教育で、稲授けと神勅を奉る柔順の徳を打ち棄てた。人世《ひとのよ》の文明の由来が絶たれた。家庭でも学校でも子供を我儘にさせた。日本の若い女人の身体は角《かど》張り、直線になり、十代二十代の若い男は直線的暴走を好み、会社の新入社員は直線的にいう通りにする仕事しかできない。三十代の男は強盗でもする外はないと念じたら、直ちに直線的に実行してしまう。

日本の良い陶器には何もなくただ思いがあった。思いある故、そのものが存在している。今は物にも言葉にも、人にも思いがない。物も人も雑然たるお粗末な存在、ほとんど頼もしくない。人の芯が非常に脆くなった。

私はかつて保田與重郎先生のお伴で呉の軍港を観光したことがある。記念館にある第一代――明治時代の鎮守府司令長官の墨跡は実にやさしく大らかで、王朝の書でした。第二代――大正時代の司令長官の、第三代――昭和当時の司令長官のと、時代が下がるにつれてその書は次第に落ちて、力の書となった。論語はいう「千里馬はその徳を称す、その力を称さず」と、しかし今の西洋教育ではこれがわからなくなった。

三

最も柔勁な人は聖徳太子であった。太子は当時の物部氏と蘇我氏の権勢に屈することなく、律令国家を打ち出した。なお、太子が亡くなられ、その御子が当時の権勢者に全滅されてもなお、後に行われた大化改新に太子の精神は貫かれている。それが力でなく、柔勁である。

そういえば、歴代の天皇が平家の、鎌倉や江戸幕府の権力にもかかわらず、更に、議会制での権力にもかかわらず、万世一系を存続してきたのはやはりこの柔勁である。万世一系は稲授けと神勅による、天皇も万民もみなこれを悟っていた。然して平家、鎌倉や江戸の幕府、議会は時勢でのこと、天にも天時という時があり、「天時を奉る」すなわち謹むわけ。今上の終戦玉音もこの奉天時の柔勁であって、万民がこれに同心致したのである。

日本人は短気といわれたが、そうではなかったのである。

また日本人は反省に欠けているともいわれたが、しかし終戦直後連合国占領軍進駐の数年間、日本人のしんとした情操は、反省というよりもっと深く天時を畏れ、水が地にもいとしく沁み入る如く題名のない思いであった。キリスト教と仏教では罪の懺悔をしますが、論語ではそういう罪の意識はなく、修身の反省をいう。そして日本神道にはこうしたしんとした思いのみ。宗教懺悔はタブーであり、中国人の反省は知性的、日本人のこうした思いは情操的である。こういう題名のない思いは良い陶器に、また書に舞にもあり、思いありてわが身や万物が存在し、永生である。デカルトは「われ思う、故にわれ在り」というが、しかしこの考えではなく、題名のない思いは西洋人にはわからないのです。敗戦直後の日本の山川はこういうしんとした思いがあった。日本と同時敗戦後の独逸人とイタリア人にはないのです。私は敗戦後五年目に日本に参りまして、当時の日本人は男女ともに非常によかったと覚えています。当時は桜の花見も盆踊りも今のよりずっとよかった。

天の先をも越える

一

しかしながら、日本人は悪戯が好き。日本人は神に、目上の人に対して畏れ多いが少しも怖くない。素戔嗚命は高天原で暴れ廻ったので、放逐されて日本の国を始めた。あれは天照大神の弟だからである。聖徳太子も、奉詔必謹、神勅に絶対に従順しながら、神意の如何を問うには及ばず、外来の仏教による文明の諸々の造形を日本に取り入れた。これは太子は天の貴子であり、天孫だからである。果して神は太子の所為に不気嫌にはならなかった。史上、織田信長の人気もこういう開創性の辺りにあったのである。

易経にいう、大人は、「われ、天の先を越して、天われに逆わず、われ、天の後に従って、天時を奉る。」天の後についていくは日本人の婉であり、天の先を越していくは日本人の大であった。左伝に楚の荘王が亡命当時の晋の公子重耳(後の晋文公、春秋時代有名な五覇王の一)を讃えて曰く、晋公子は大にして婉と、その婉と大である。

天の先を越すとは、例えば道中、子供は親の後についていくが、時に親の先を越していって、親がこれについていくことになったりする類である。日本文明は天皇が斎主で、万民も天の子供だからである。

天の先を越すことはできるであろうか、できます。もとより、万物は天から生命を受けるが、生命を与えることはできない。動植物は自体の延長で子を生みますが、ものに生命を与えることはできない。例えば科学の力でも葉緑素一つ創りようがないのです。然して、人間は悟識が啓けば、天と同じく生命の物を創造できる。例えば良い書、良い陶器の如きはそれである。もっと正確にいえば、天は大自然によるもの、悟った人間なら時には天を越えて、直接に大自然によることがあり得る故である。

素戔嗚命や聖徳太子に限らず、織田信長も、乃至一般の日本人もこういう質を持っている。村里の小さな神社で祭りに出たひょっとことおかめの悪戯の嬉しさは造化小児のようであり、そういうところに日本民族の創造性がうかがわれる。日本人にこういう創造性があるから、岡潔や湯川秀樹が西洋に数学や物理学を学んで、西洋人より数学や物理学はなんであるかわかったのです。

岐阜護国神社の庭大八洲に私の献詩の碑がある。句は、

天上高天原
地有大八洲
小戯多唐突

苔生桜又周

素戔嗚命のことを思えば、今度の大東亜戦争は一つの悪戯であって、まことに相済まぬ、失礼をいたしました。為に世界の方々に怒られてひどい目には遭いましたが、君が代は永く、桜はまた咲き周ってきております。という。

私は森磐根宮司が提唱している無頼文学の言葉がだんだん好きになりました。

しかし、西洋人は、またすべての宗教は神を奉るばかり、神に対して悪戯は絶対に敢えてせずなのである。日本の神道だけは礼楽の、すなわち高天原は内宮での、大八洲は外宮での成し遂げ、そして人間の所為も造化小児の戯れなのである。

二

日本の新興宗教は内宮を拝み、外宮は拝まないと聞く。なお、斎主のことを知らず、教祖を奉る。大いなる誤りであります。日蓮宗の創価学会は一時冥王合一とも言い出したが、外宮も知らないのでなんにもならずに取消した。外宮を知らないのでは、例えイスラムの政教一体のようにしても、礼楽の世にはならないのです。

大昔、西南アジアで文明を始めた日本人と中国人の祖先を含めた、幾つかの民族にはみな神あり、祭りがあったが、宗教ではなかった。神と祭りで人世《ひとのよ》を啓いてきた。

後、むこうでは奴隷社会と蛮族侵入での無明に汚染されて、神の祭りが宗教に変質してしまった。日本と中国だけはひたすら順調に発展し続け、礼楽に成り遂げた。日本の神道は宗教ではなく、礼楽である。印度の釈迦は、神と祭りは大自然の悟りに在り、悟れば何によらずしても大自然に直接に当り得るといって、神と祭りを解脱した。しかしこれは神と祭りが宗教に堕ちるのを嫌って、神と祭りが礼楽になれるのを知らないので、皮肉にも結局仏教も一種の宗教になっている。

易経にだけはいう――冥想で悟るというよりも、神の祭りで大自然の霊気の風動たるを感じ、且つそのわけを知り、以て人世《ひとのよ》の道と物の造形とを致す――と。冥想では「寂滅為楽」となり、宇宙風動は感じられない。

賓主歴然

一

日本の古語に、天皇は天が下を聞こし召す、聞こし食すとある。私の里の節句の祭りでは、神は供えたものの馨《かおり》を聞こし食す、と私は子供の時教わった。もとより日本人は冥想などしない。ただちに現実の世の中の物ごとについて聞こし召し、聞こし食すとする。これは人間も神々しく人間が主であるからである。

仏教のいう「無我所」と荘子のいう「忘我の境」より、神前に斎主の自覚のあった方が世界を開創できる。大嘗祭や新嘗祭に天皇は斎主、村里の祭りに庶民も斎主。文明の基点である宇宙に対する悟りの問題は、まずこういう主体である天地人の人の自覚からでなければ、どうしても貧弱で偏屈になってしまう。

二

文明は悟りで啓かれる。例え、鳥獣昆虫に若干の知識があっても、また、無明の民族が更に多くの知識を有していても、知識だけでは決して文明にはなりません。

悟りとは、人間が大自然と知己になって、今まで知らなかったことがはっとわかってきて、嬉しいということである。禅宗に非常に好い言葉がある——まず恋人の気持でと。

大自然に恋をしかけるのは、キリスト教は祈禱で、仏教は坐禅で、日本神道は祝詞でである。私はキリスト信者の祈禱に親しみを感ずる、神もこれはお聞き下さるでしょう。しかし私がもっと好きなのは祝詞で「……青海原は棹柁干さず……磐根木履み佐久弥て馬の爪の至り留まる限……。」と聞くと、何となく大自然の風動たる気がします。

坐禅でも大自然と「親冥自体」にはなりますが、その風動たるところは感じられない。それより、私はイスラム教徒が露地でアラーを拝んでいる方が、雄大で気持が好いと思う。

大自然と恋をするのは、やはり斎主でのみ、下僕《しもべ》で、あるいは唯我独尊ではだめなのです。

釈迦がいう「天上地下唯我独尊」とは、人は天と地と三才なるを知らないからである。これに対し、中国の易経と周礼には、天地人の順で尊卑あり、しかしこれは父母と子とのように、尊卑あっても、主僕関係に非ず、賓主関係である。礼の行いは親疎尊卑によって異なるが、その基本は賓主対等の地に立っている。郊天祀地の礼は、天子は斎主であって、天地は貴賓なのであります。

それによって、五倫五常も賓主の礼、君臣有義、父子有親、兄弟有序、夫婦有別、朋友有信と、みな親疎尊卑の差はあるが、基本は対等である。そして日常の暮しの物に対しても賓主の礼。辛稼軒の詞の句に

我見青山多歓喜
青山見我応如是

——俺、青山を見てとても嬉しい、
青山、俺を見てもそうだろう——

とあり。もとより、日本人家の主婦の、器《うつわ》の扱い方の親切と珍重と嬉しさは、すなわち器に対し賓が如くである。

こうして、礼の始めは斎主に在ることがわかったであろう。

さすがに臨済禅師は偉かった。仏の唯我独尊というのは困るので、「臨済賓主歴然」に改めた。なお、印度仏教が動を否定していたのに対し、禅は動を肯定し、天地万物の動にかけたところの、機の一字の活発なるを提唱した。それでも、禅は外宮を知らず、斎主を知らないから、やがて萎れて、せっかく唐の禅師が座禅だけでは非創造的といったのに、今日の禅僧に至ってはひたすら座禅に甘んじてしまっています。

それに、わけを説明するのが学問

これ故に、文明の総元締と始発は内宮と外宮の祭りに在り、また斎主にある、以て大自然に対応し、神に啓発され、物の造形と、事情の行儀を成して、人世《ひとのよ》の無限なる風景を展開したのである。

そしてその元となる礼制の説明は周礼で、またその元となる理由の説明は易経であって、これが帝王から士に至る者の学問とされたのである。故に、以前書を読む日本人は誰も礼記と易経と書経を読んでいた。そして十七条憲法と延喜式とを仕上げ、また明治維新志士の詩文は、天下の形勢に当ってよく易経の言葉を引用した。

今、一大思想運動を起こすのは、この学問の復興に在るのみである。これと今世紀の、物理学と天文学上の新発見との接点は、私の近著「日本及び日本人に寄せる」に大自然の五つの基本法則と政治と産業改革の新案で説明している。

天命維新

物極則還

世界は今既に腐っている。人心が廃れ、国々は核兵器による第三次世界大戦への渦巻の線を廻り漂っている。われわれはこれを救うというより、廃墟に新芽を育てるという覚悟で、今から人世《ひとのよ》の再建運動を始めよう。

物欲の果てはポルノ氾濫になり、暮し方の無意味にとうとう生の意志力が萎れて、生き返らなくなる。

特に若者たちの空虚なること。そこへ米国から西欧に上陸した新興宗教が猛烈にはびこり、思春期の少年少女を虜《とりこ》にした。（毎日新聞昭和五十四年二月十日夕刊記事）その若者の宗教のうち「神の子」教団の教義は、すべてのものの原点である神から授けられた肉体を売春し、神の為に奉仕せよ、と説く。それで生の意味と意志力をつけて入信する。これは今ことに西独で大変だといっているが、やがて日本にもはびこってくるに違いない。しかし民族の芽である若者たちをこのままにしていいですか。

一方、米国や日本の産業の行詰まりは今、対中プラント輸出の拡大を延命術としている。ソ連経済の停滞は、覇権で意地を張っているだけである。中東の紛争、イランの混乱情勢に米ソの睨み合い、中越戦争の計算済みでの冒険、こういう危い綱渡りの覚悟でするものを、往古からの人類の歴史なるもの、とお茶を濁してはいけない。問題は今の人はもう歴史の芯である意志が萎れ、前途に憧れを失い、情緒面は全く面白味をなくしたことで、それでは人類は大自然や神と完全に無縁となり、いつかはきっと謀りごとが天意で脱線させられ、罠にかけられて、不本意にも米ソ核兵器戦争に引込まれるであろう。

われわれはこれを救うことも防ぐこともできない、しかも今はもう遅い、この時点において、われわれは思想運動で新芽を育てるべきのみである。その方式は吉田松陰がやった塾の如きものから出発したい。

維新は一大思想運動を先行させて

戦後日本には有志者の塾や会が諸々にありますが、一大思想運動を起こそうと意識したのは、湯川秀樹博士を中心とした季刊「創造の世界」だったでしょう。だがいずれも、現時点の歴史の主題の在り方を知り尽くしていないところから、いうことに発展性がないので次第につまらなくなり、ことごとく萎縮しあるいは消えていくばかりである。然してこの問題はわが中国のことでもあり、世界的なことでもあるから、私は永年の研究で今すべきことを三つの結論にまとめた。すなわち、

一、思想とは、わが中国や日本の伝統文明と今世紀の物理学と天文学上の新発見との接点に在る。今の産業国家主義社会の代りに、祭政一致の人世《ひとのよ》を再建すべきである。

二、運動の主体は学生や青年に在る。

三、方法は塾を中心として各大学と高校に分会を作るべし。雑誌を発刊すべし。

ということである。

そこで日本の有志者の御参考にもなるかと、私が台湾で行ってきた経験をお話して

みましょう。

今日の猿田彦

私は五年前台湾に行きました。その折、当時の蔣介石総統に思想運動と、文教政策革新の意見書を提出した。要点は中国伝統文明を今世紀の物理学と天文学上の発見に接点させ、よって孫文の革命思想を中国伝統の祭りと結ぶべきとした。為に、国民党が主催して進修班を設置する。今のインテリや教師や新聞雑誌とテレビ、ラジオの編集と撰述者、映画や劇、音楽団と文学と芸術を仕事とする人たちを交代に、一年間の講義を受講させてその職場に戻すべし。その主題は次の如し。

一、今世紀の物理学上と天文学上の新発見によって、今までのインテリの考え方の拠り所である物質不滅論や、唯力学的秩序論などの誤った科学常識を改めさすこと。

二、今世紀の考古学上の新発見によって、今までのインテリの考え方の拠り所である、西洋歴史正統観の誤りを正し、東洋歴史が正統であることをわからせる。

三、思考方法はロジックばかりに非ず、なお悟りがあること、また科学は諸学問の標準ではなく、大自然の五つの基本法則が科学を含めて、すべての学問や行いの標準であることを知らせる。

こうしてインテリの、今までの誤った思考の根拠と思考の方法と用語を正してから、新しい治世の礼楽風景を教育する、すなわち三綱五常の原理と郊祀での天地人の理、日本でいえばすなわち内宮と外宮の祭りと、斎主のわけと、その再建すべきことを知らせ、その為に、政治の制度は孫文が発案した行政院の右に知祭院を設け、産業制度は農業と手工業とを主体とし、機械工業を補佐役とすべきであること、そしてこれを実現するのに革命と、憲法などの問題を解明することである。

当時、私は蔣介石総統にある程度の期待をかけていた。当時の人の中、蔣氏と張羣氏だけはかつて孫文に従って辛亥革命の経歴を持っており、思想運動の話がわかるだろうと思い、なお、蔣氏は大陸から台湾に退いて来た直後、思想訓練班を設け、将校を再教育して台湾を守ることができたのです。私はその訓練班で蔣氏自ら行った講話録に革命を感じ得て、それなら私の思想運動案も採用されるかと期待したわけである。私の見たところで、一九六十年以来中共の内戦のきざしは何時もあった。但し彼等は共産主義に代る良い思想を知らないので我慢して内戦にならなかった。もし国民党が力を貸して、私の思想運動が実現すれば、三年か五年の中、中共の軍隊もその新しい思想の風に吹かれて内戦を起こし、大陸を光復し得ると私は言った。

私はまずこの意見書の写しを張羣氏に読んでもらい、張羣氏は大いに賛意を表した。

但しその時蔣総統は既に大病、私がこの意見書を国民党中央部に提出した時、蔣総統は一ヶ月も前に亡くなられ、私の提案は遂に採用されなかった。

三三学社を紹介

一

そして、私は当地の作家朱西寧先生が主催される会で、易経を六ヶ月ばかり講義した。受講者は朱先生一家の外に、大学生と高校生約十六、七人、会は松下村塾を思わせるところもあった。それが実になって、今日台湾で発展している「三三」月刊が誕生したのである。

朱西寧先生は今、中国一の優れた作家、台湾にあっては文学の大御所、島崎藤村に若干似て、大いに違う。その娘朱天文と朱天心はまだ学生で既に文壇で有名、樋口一葉を思わせるところもあるが、これまた全然違う。他に五、六人の志あり、文才ある大学生と高校生が「三三」を結成した。三三の主旨は大自然の五つの基本法則に対応し、革命で、産業国家主義社会に代り新たに人世《ひとのよ》の礼楽風景を啓くこと、その思想で大陸の中共軍隊と民間までを風動し、反共起義で中国を光復する。そして世界の歴史に新しい前景を与えることである。（中国の易経から来た「革命」の言葉は、西洋の革命と違って、日本の伊勢遷宮祭と同じ意味である。）

朱先生が直接指導する若者たちは文才に恵まれているだけに強い。三三の筆陣ではまず文風を正し、詩情文情で理論を説く。観念を制度や造形で具象的にまとめる。三三月刊誌は今年四月で満二年、刊行当初から台湾で最高の人気雑誌になり、同人誌と違って、各地の大学や高校に、また各層の社会人にまで購読されている。これに乗じて、三三の本部から同人を派遣し、学生を相手に講演弁論や座談の会を開いて思想運動を点火する。こうして、支部が次から次へと結成され、今は本部を大三三、支部を小三三と称し、春秋に合同集会を持ち名勝地で野営して、数日数晩思想研修をする。そして今年からは自ら出版社を持つに至った。

二

三三の若者たちは中国の士の伝統に目覚めたものである。士は大自然の五つの基本法則と人世《ひとのよ》の在り方を知り、いつの時代になっても先知先覚で実際の行動指導を果す。その為に、士はまず自分がものごとをわかり切るまで勉強せねばならない。

私は三三の若者たちの思想理論の基礎学問を充実させる為に、次の如き書物や論文を書いてあげた。

一、華学（漢学）・科学と哲学
二、礼楽風景篇（書経の洪範、周礼の王制から漢唐以来清末までの政治、産業の制度と今日の新案）
三、禅是一枝花・碧巌録新語
四、宗教論
五、中国文学史話
六、音楽論

わが中国では民国以来、思想が迷って誤った所為で何千万の人が死に、何億の人が惨めな絶地に落ちた。世界は西洋の無明の果てで総壊滅へ直進している。大昔、人類は知性で文明を始めたのだが、今はこの知性が消えて亡びる。こういう中国事情の悔みと反省、また世界事情の土壇場に瀕した身の謹慎で、私に先祖からの知性がはっと甦って、天が私に言を授けた。これは、私が中国文明の伝承に恵まれ、また日本に来て、日本神道に、そして現代世界の先端に立つ日本の事情に、はたまた岡潔博士と湯川秀樹博士の著書に接し得た甲斐であった。以上私の著述は三三の若者たちの勉強の資となり、思想の大信が成ると思われるのであります。

士の目覚め

一

私はこうして三三のことを申していますと、なんとなく清渚会に一種の親しみが生じてきます。まず両方の名称はともにすばらしい。三三とは乾の卦であり、また三月三日は女児の節句でもあり、そして天地人三才と鏡玉剣三器も三三。

清渚会というと、私がいただいた岡潔先生の色紙の句を思い出した。その色紙は無理に請われて人にあげたので、原文を正確に覚えていないのだが、意は

宇治の川原に瀬音高し
誰人か佇みいて
人の声聞こゆ

というのであった。瀬と渚とは違うそうですが、この句はどことなく清渚会の気分に共通した感がある。

或いは私の近著「日本及び日本人に寄せる」の末に、「時代の大浪に響く海の砂浜で、

涙に濡れた蟹とも戯れ、ちょっと笑わせて創世紀の一頁をも書こうか」との一句が、より清渚会の題名に叶うかも知れない。ならば清渚会は今やっていることからもう一歩、大股で踏み出て思想運動を発起したらどうかと思います。

清渚会の会誌「なぎさ」を拝見して私の思うには、こうした研究をするだけで面白く、有意義ですが、然してここは神宮境内であります。ここから神勅を奉って発動し、今日にあって千秋万代の大業を行えば、わがことを人が研究することになりましょう。史上、聖徳太子、豊臣秀吉、吉田松陰達はそうでしたが、今日新時代を啓くには、まず思想運動で、清渚会が或いは森さんのいう私学校がこれを発動したら如何かと私は思います。

清渚会は良い条件に恵まれています。まず会員諸君が若い神職や大学関係者であること。礼楽政治は士のみがやり得ること。中国にも日本にも史上士の伝統があります。現に松下電器の松下幸之助氏は政治家を育成する学校を作ろうとしている、誰か氏に士のことをよく教えてあげれば有難いが。本当は大学こそ士の学校であるべきです。それが来たる日本維新運動の発祥地になればこれ以上有難いことはないのですが、現時点ではやはり清渚会が先にやりますか。

二

文明の世は惟王建国と惟士為政に在り。周礼の王とは天子、王宮とは士でこれが中国の五千年も前の人、黄帝から清朝末までの祭政一体の行いであったし、日本もまた同じ体質であった。今世紀の考古学で発見したところ、古代バビロニヤやペルシヤやエジプトでも、もとはこうであった。但し途中奴隷制度と侵入した蛮族に汚されて変質し、斎主なる王も、王官なる士もなくなり、戦士と祭司に分れて、以来西洋の政治や産業が権力と物質に落ちたのである。

後世、中国の士は宋儒から閉鎖的になり、日本の士は武家から偏屈になったが、日本の明治維新と中国の辛亥革命はいずれも目覚めた士がやったのです。

尊王と士の自覚は中国や日本の政治学の第一課でありますが、この数千年来両国ともこれを次第に忘れ、今はすっかりわからなくなった。辛亥革命の指導者孫文は、国民党員に士の自覚を呼びかけたが、然して彼は祭りに気づかず、斎主については無論知らなかった。それでも後、北伐も、対日抗戦も、中共のいう人民解放軍もことごとく主役はインテリで、彼等は不自覚の士であった。今三三の若者たちはすなわちこういう士が目覚めたのであり、起きて立上ったのである。

日本でも、かつては吉田松陰を始め藩士達はこの士の目覚めで、明治維新運動を成し遂げていた。廃藩していたから、藩士の代りに、新しい政治の立役になる、世界の新知識を持つ日本伝統の士を育てる為に、帝国大学ができたが、そこでは西洋式の役人ばかりを育成しているのを見兼ねて、大隈重信はこれと別に早稲田大学を啓いた。尾崎士郎の人生劇場に登場して、日本男児の唄を唄う早稲田の学生の風貌がこれを物語っている。この早稲田も段々と西洋的教育に傾いていく始末の中で、国学院大学は建学の志を貫いた一校であり、また皇学館や国学院や国士館という大学の校名を見ても、それらの初心は察知されるでしょう。

三

どうして私立学校も西洋教育の潮波に呑まれたかというと、やはり科学知識とそれに基いた西洋思想にかなわなかったからである。今もなお、学校にそのまま用いている西洋の十九世紀までの科学常識は、ことごとく東洋文明と両立せずとしている。しかし今世紀になって、物理学や天文学上の新発見で、ギリシャ以来十九世紀までの西洋思想の基本は覆された。それが原因で、一九五〇年代以来西洋人の知性と情緒は挫けて萎れ、世界の道徳と宗教まで退廃し尽くしつつある。

西洋のそれと反対に、日本とわが中国の伝統文明が正しいものであることは、今世紀の物理学や天文学上の、また考古学上の発見で立証されている。

そこへ、私は新しい言葉で大自然の五つの基本法則をまとめた。西洋ではアインシュタインの統一場理論求めも、ハイゼバーグの宇宙の最終の方程式求めも失敗したが、われわれは成功した。それで真の思想があったから、台湾で三三の若者たちは立上ったのである。これを聞いて、皆さんも喜んで、やってみませんか。

日本と中国は響きあった。かつて中国の北魏の均田制が日本の大化改新を促し、後また日本の明治維新が中国の辛亥革命を促した。今度中国で三三の思想運動が、日本の若者の知性と情熱に点火を促すのも、両国の歴史上における極く自然のことと思う。

ならば清渚会でも森さんのいう私学校でもよい。現時点の日本維新大業を起すがよい。まずは思想運動で国民を目覚めさせ、日本は産業国家主義社会の代りに、礼楽の人世《ひとのよ》を再建すべし、すなわち政治の道は内宮・外宮の祭りに天皇は斎主であり、朝廷では天皇親政で、助役の神職や政務官は士でありというようになる、そして産業の道は大嘗祭と新嘗祭にあること、以て大自然の五つの基本法則に叶う制度から器具の造形まで一新し、これで新しい人世を啓くことを国民に提唱すること、これを宣伝する雑誌が欲しい。そこで国学院、皇学館等の大学の学生や各地の若い人たちの中に、大三三と小三三のように総会と支会を結成したら如何かと思う。

夕立

岡潔先生は夕立が好き、今までの日本は実に史上幾度も汚染されたから、夕立でこれを一度に洗い落したい。

私の感じでは飛鳥時代の日本が一番好かった。中国人は知性の民族であるのに対し、日本人は情操的民族である。中国人の知性は古代ギリシャ以上のもの、世界中で他に類のないものですが、日本人の情操はというとこれまた他の民族に類のないもの、それは高天原が日本民族の情操の染色体だからである。

もとより、日本人はこの情操で周礼や易経によらなくても、内宮外宮と斎主ができた。学問というものは、大自然に対する文明の創造の記録と説明に過ぎず、創造が学問によるわけではない、創造は修行によるものだからである。然して学問も一つの創造されたる良き作品、易経や礼記はみな美しい。数学や物理学も美しい作品。それだけに学問は有難く楽しい。なお、学問で創造することはできないですが、学問で創造の手伝いをすることはできます。そしてものの是か非か、文明であるか無明であるかを判断するのに、学問が役に立ちます。日本のことだけではなく、中国の天壇社稷壇の祭りと、天子が斎主になることも礼記や易経の学問からではないが、ただし、そんな学問による手伝いで、こういう祭と政のことはより速やかに、人倫の三綱五常や道具の造形の面々にわたって演繹され、展開された。これを日本の遣唐使が学んだのである。

仏教をも含めて当時学んだ隋唐の文化は、日本にとって確かに新鮮で発展性があった。律令国家と大化改新とはこうして興ったのである。然してこれを扱う情操は疑いなく日本的、神道的であったことは、聖徳太子の画像を見ればわかる。衣冠佩剣、垂髪の童子を侍らせた太子の容姿は、仏教でもなく儒教でもない日本の皇子であった。民族の情操は染色体みたいなもの、日本神道は世界上のすべての良い物に開放的ですが、日本民族の高天原から伝わった情操は絶対純粋を保たねばなりません。聖徳太子が隋の煬帝に送った書、「日出処天子致書日没処天子」とは、こういう意識からかなと思う。飛鳥時代のものは本当に明るく、一点の翳も不自然なところもない。万葉集にみえる飛鳥時代の女人は最高であった。

しかし平安朝になると事情は少しずつ違ってきた。平安朝は宋の文物を学んだ。宋の文物は大概唐の文物の伝承であり、前になかったものというわけではない。故に宋の文物を学んでも、日本にとってそう新鮮味も発展性もないのです。それに宋儒朱熹学は、隋唐の儒より閉鎖的になり、情操に濁りがあった。宋の仏教も隋唐の仏教より、中国の俗情と結んでいた。それでも、なおこれを学んだことで、いたずらに日本人の情操が他人の情操で翳って、これが以後の日本の文物の暗い味になった故である。

平家の時代は日本史上一つの堺であった。これから、後の藩や大名になる武家が出始めるが、平氏はその頭であり、しかも平氏は朝廷の公卿でもあった。その地位と実力で明治維新の廃藩置県の先手を打つべきであったが、その機会を空しく過ごした。

廃藩置県は中国ですでに秦朝から実行した例もあり、もし平家の当時これを大化改新の後の大業としてやり遂げていれば、日本史上もう一つの発展性ある時代が啓けたでしょう。それをしなかった為に、日本は停滞した。その停滞気分の上に、更に宋儒と宋の仏教の情操で翳ったのがいけなかったのです。

これより以前、源氏物語にはすでに暗い翳りがあった。以後の武家文学は実に重苦しい。源氏物語は美しい、日本人の美は元来神道のもので明るく大らかであるが、源氏物語以後暗い気味になった。太平記は強い、日本人の柔勁の徳は神道がその源であるが、武家はそれを威力と強情の強さに変悪した。以来日本の文学は源氏物語と武家文学の二派が主流となり、現代に至ってもなお、谷崎潤一郎や川端康成の文学は前者で、尾崎士郎の文学は後者である。それに反発したのは、保田與重郎の後鳥羽院の王朝文学論であった。

就中、戦国時代はそんな濁り気分の暗い味を吹き飛ばしたことがあり、当時の洛中洛外屏風図には清く響きの高いものがあった。それも江戸時代に入ってまた悪くなっていく。

明治維新は神勅を奉って西洋に開放した。神道こそ開放的であり情操の翳りをもう一遍吹き飛ばした。当時西洋のものは日本にとって新鮮味と発展性がありましたが、それを扱う情操は確かに日本的でした。後、大正になってから、もっと本格的に西洋のものを学ぼうと、ニーチェ精神まで取入れて、日本民族の情操は大方損ったのです。外来のものを聞こし召す、聞こし食すは良いが、異なった血液型を注射してはいけない。ことに民族の情操の染色体が異物で翳り、或いは変異されては余計にいけない。西洋人の情操に汚染されたから、敗戦というような一大異変の行動が発生したのである。

日本人の情操を翳らせた異物は、終戦後一時洗い落された。源氏物語と武家文学以来の暗い翳りまで吹き飛ばされた。こうして浄化された日本人の情操は、当時の花見と盆踊りにとてもよく現れていた。その機会に日本の女人は飛鳥時代の女人に戻ればよかったのに、たちまち米国の真似をし始めた。その結果、日本人の情操に翳りがあっただけではなく、日本人の情操染色体までひどく侵されたのである。ことに日本共産党は日本人でなくなり、そしてポルノは人間を動物以下に落した。

今日、なによりも日本民族の情操の純粋さを取戻すべきである。

日本民族の情操とはなんであるか、もう一遍説明しましょう。私は万葉集初期の歌風と飛鳥時代の建築が好き、彼等はあんなに日本的でありながら、世界的なものであり、詩経と漢代建築が好きな私に少しも隔たるところがない。しかし源氏物語や太平記は私に隔たるところがあり、それは日本独自のもの、世界的ではありません。無論今の世界的流行のものは駄目です。あれは個性がない。

私の知っている最も世界的しかも日本的なお方は物理学者の湯川秀樹博士と、去年亡くなられた数学者岡潔博士であろう。お二人とも、ものの言い方は実に綺麗、あれは日本人の純情からと思う。湯川博士の、素粒子はすでに分割し尽きたという見識はやはり日本人の情操からで、西洋の科学者には到底不可能であります。日本民族はかつてこの情操で、易経や周礼によらなくても高天原を悟り、内宮外宮斎主を悟ったが、湯川博士の智慧の源もここにあったのである。

そして岡潔先生は幼児の如き純情で天が授けた言葉をいう。岡先生は絶対尊皇で、然していきなり湯武革命をいう。日本神道こそ言葉にタブーはないのである。そして岡先生は、かつて明治天皇即位の如く、今の東宮が即位改元を萌《きざ》しに、もう一遍日本を維新しよう、と切々と願っていました。

ただしここに学問が要る。明治維新を促した吉田松陰は孟子を講義したが、今度の維新の為には周礼と易経を読まなければ見識にならない。それが私をしてこの度の著「日本及び日本人に寄せる」を諸君に捧げさせた所以である。

今の産業国家主義社会の代りに、内宮外宮には斎主、朝廷には親政の伝統で日本維新の大業がやり遂げられれば、今までの翳りと汚れは一度に取れ、飛鳥時代の日本民族の情操の純粋さと新鮮さと雄大さを取戻すことができる。ここに、わが中国の事情は違いますが、原則的には同じなので、三三の若者たちは日本の諸君と手をつなぎます。

皆さん御気嫌よう。

己未年三月十一日

第二部　神代悠遠

天地初めて発けし時

一

大自然に意志と息があり、意志と息とは一つでもあり、二つでもあります。易経は意志のことを天行健と、息のことを陰陽と説明しているが、古事記は天之御中主神と、高御産巣日神、神産巣日神という。天之御中主神とは即ち宇宙にある中心の意志であり、そして二柱の産巣日神とは陰陽である。

天地初めて発けし時、高天の原に成れるこの三柱の神は、みな独神と成りまして、身を隠したまいき、という。天地は神が発きしでなく、天地が発けし時神は成れる。これは世界の神話中他に類のない言い方であります。

中国の神話では、盤古氏が石斧をもって天地を切り分けたという、これは新石器文明の覚《さとり》で人類が始めて大自然を見分けられたという意味であります。しかし、人類がこれを覚ったか否かに拘わらず、大自然は自ら発けたのです。もちろん、宇宙は旧約に神がこれを造るといった以前にあった。

それが今は科学者すら迷っている。今世紀の発見で素粒子は物質か符号かどちらともいい切れぬ、そして、素粒子は点でありながら波、またすべての波は点でもある。またある。素粒子の現象ではすべての不可逆が可逆になっている。それは観測によってのみのことでという。それで湯川秀樹博士は宇宙本体というものはない、あるのは宇宙観のみと主張した。そして数学者岡潔博士は、宇宙はテレビの映像に過ぎない、もとの存在ではなく、仏教の第十一識のみが真であるという。しかしこれは誤りである。大自然は自らあったという古事記の冒頭の話が正しい。ただしこれを説明するには易経の学問を要するのであります。

宇宙が自らあったことは、最大の信、絶対の信であり、我々のすべての造営の拠るところで、また土台であります。ならば、唯物論も物質である宇宙の客観的存在を主張しているのはどうだと言うかも知れぬが、あれは、宇宙は意志があり息があることを知らぬから駄目である。それこそ古事記の、天之御中主神や高御産巣日神、神産巣日神が大事なる所以である。

二

高天の原は究極の自然といえる。易経では太極という。

太極より以前なお無極ありという人もいるが、やはり太極は最始と決めてよい。究極の自然は未だに時間も空間もないので、これより以前とはいえず、何を以てなお無極あるなのか。

そして、「太極動而生陰陽」というが、静止した時の太極というものはありません。だから変易の「易」がすべてであると易経はいう。だから高天の原は始めから賑わうのである。

高天の原は究極の自然というが、自然の中心ともいえる。銀河に中心があり、そこから新しいエネルギーが続々と生まれてくるというように、高天の原に神が成れる所以がある。

大昔、文明を始めた民族はまず感で大自然のわけを知り得て、これを詩の言葉で神話に為した。そして哲学の理論と科学の方法でこれを説明するのは、中国の易経と今世紀西洋人の素粒子や銀河の諸々の現象の発見である。

高天の原に当るもの、それは西洋では天国、インドでは極楽浄土であろう。しかし、キリスト教の天国はまったくつまらない。阿弥陀経の極楽浄土には美しい風景はあったが、する仕事の一つもないのが物不足、やはり高天の原の田植も機織りもしている方がよい。高天の原は天地の始発で、日本人はこれを生のめでたきことと祭り、極楽浄土は天地の終極で、日本人はこれを逝世の慰めとしているのは賢明だなと思う。

高天の原は大自然を表示するのになお、文明の歴史を織りこんでいる。新石器文明での、女人と太陽と水と稲と機織りのこと、夫婦は群の姉妹と群の兄弟からのことなどの克明な記録といえる。母系時代の記憶と、倭民族が海の彼方にあった原住地への懐しさと、彼時以来の遠い歳月への尽きない思いで形成した妣の国や常世の伝説も高天の原に影を落している。ただし、古事記の神話の形成は一篇の文章を書くが如し、文章の統一の風格を保つために、余った材料は別途の使いに譲ったところがある。高天の原は明るく輝いていますが、妣の国や常世の原型は古事記の外に、もっと色濃く民族の伝説として残っています。

高天の原と比べて、極楽浄土と天国は歴史性が大分乏しい。

三

中国にも古事記に匹敵する神話はありません。妣の国とまた高天の原といくらか似ている西王母と瑶地の話がある。瑶地とは真名井のことか、なお、羲和とは女子で太陽の神とも伝えている。しかし中国では易経によって早くも理論的学問化がなされて、神話の形成は途中で折れたのである。

易経に、大自然は易で、そして神はその変易の機に在る「是故、神無方而易無体」(故に神がすることにきまりはなく、宇宙は変化そのもの)という。そして高天の原に当るものはただ天と称す、高天の原で発生したことなどを天意と陰陽卦象で説明する。その色も歴史事件も理論体系的学問になっている。

古事記が明徳であれば、易経は明々徳、即ち明徳を明らかにするものである。

私は古事記の神代の部は世界文明の始まったことの最も原型的且つ完成的な記録として尊重されるべきだと思う。しかしこれを証明するのは、メソポタミアで発掘した古文明史実と現に中国に生きている古伝説とを証拠として、なお易経の理論的学問でこれを照らして始めて可能であります。そして一層神代記の有難さがわかるでしょう。以下にこのことを試みてみます。

四

葦牙の葦のことは中国の女媧の神話にもあり、かつて両民族が同じくメソポタミアにいたことを語っている。ここになお中国春秋時代の篆書の壽の字を観よう。

とは葦牙か草木の芽出で、生を象徴している。とは天之御中主神ともいえ、宇宙に中心があることを意味する。そしては宇宙の枠。動いているから円が楕円に

なっている。ちょっと不連続で透き間がある。とは天左旋、地右旋を表し、その中は雲気である。下方にあるのは太陽、宇宙は廻っているから、太陽は下から昇る。大自然こそ永生きで壽という。これは大方古事記冒頭の言葉に通じたところがある。古事記は冒頭からめでたい。

陰陽は雌雄男女より前のこと

一

易経は、陰陽の消長変化で八卦をなす。八卦とは乾坤艮兌坎離震巽で、即ち天地山沢水火雷風の成す秩序をいっている。これと似たものとして西の古文明国の神話にも天と大地、海、風神火神などで宇宙が形成されたところをいったのがある。ただし、それは陰陽を知らない。古事記の神世七代は国之常立神や豊雲野神やで国と原野と泥砂などのことをいうのに陰陽があった。

大自然は意志があり、その意志とは即ち息でもある。息が動くと、陰陽になり、息の陰陽の変化で宇宙万物が生成する。このことを悟って知ることは文明の創造にとって一番大事なことである。しかしインド人や西洋人は知らない。インド人は陰陽を知らないので因縁という。陰陽は肯定的ですが、因縁とは妄識によるもので文明を造形するものにならない。西洋人も息の陰陽を知らないので、物が生成する、の替りに物質を組立てるばかりで、ものの造形にはなっても、文明の造形にならない。西洋人はたとえ素粒子の陽子や陰電子を発見しても一向に陰陽がわからない。これはかつての、雌雄を知っても、（十）と（一）を知っても、陰陽がわかるとは別物と同じことである。

しかし、漢民族と倭民族だけはどうして陰陽を知っていたのか、やはり、大昔西南アジアで一緒に新石器文明を創造した幾つかの民族が皆陰陽を感じて知っていたからである。

二

もとより陰陽とは男女の性別によって知り得たのではなく、石の柱で日の影を測ることから、また音楽と数学の発明によって知り得たのである。音も数も先ずは息で始発があり、そして変化し演繹して遂行する。故に音や数には剛と柔があり、それで音楽には調べが生じ、数学には錯綜が生じてくるのである。音における、数における始発のことは興で、陽であり、遂行するのは順で、陰である。それで日の影の陰陽、性の雌雄の陰陽であることが解ってきたのである。陰陽とは息でのこと、雌雄とは物質的なもの、物質からでは陰陽を解りようがない。

大昔新石器時代の人がもし陰陽のことを感じ得なかったら、まさに音楽や数学を発明しようがなく、文明を初めて啓こうにも啓き得なかったのである。ただし彼時は陰陽を感じて解っていたが、未だにこれを理論的学問で知るに至らなかった。後、西洋やインドの方では事情が濁って、陰陽がまったく解らなくなった。しかし、倭民族は陰陽の覚えをそのまま古事記に記している。なお、漢民族は更に陰陽を理論的学問化している。

三

古事記、始めに天之御中主神、次に成れる高御産巣日神、また次に神産巣日神とは陽なり、陽で生ずる、これが葦牙である。その葦牙を生の神と名づけて宇摩志阿斯訶備比古遅神という、また転じて天之常立神と成れる。

始めに天之御中主神の天とは大自然を指す、易経では太極という。そして天之常立神の天とは大自然の発動する方を指す。太極に対する乾という天なのである。

そして次に成れる国之常立神と豊雲野神とは坤であり、地である。天の生を受けてこれが成長することである。

ここまで陽と陰のことが解っていたが、男女雌雄によってのことではない、故に独神と成りましてという。なお身隠したという。身を隠したとは乾である天の名、坤である地の名は息で物の象には成っても、物の形の奥に隠れて在る故である。

四

神代七神は宇比地邇神、妹須比智邇神の代から、陰陽を男女にて表示した。伊邪那岐神と妹伊邪那美神になっては、男が先に女が後にとも言い出した。それでもなお天照大御神は太陽の女神としていた。漢民族の伝説でも羲和とは太陽の女神であった。なお伏犠と女媧は女媧の方が先でした。画像に女媧が規を持ち、伏犠は矩を持つ。規は円をかき、即ち陽であり矩は方をかく、即ち陰であるから、私は以前はこの画像の男女の持ち方は反対ではなかったかと思っていた。なお儒生は太陽の女たる伝説すら否定した。それは女人は陽になれないという不見識からである。

しかし、陰陽は物の形によって解ったのではない。古代ギリシャ人が太陽の神は男といっても、エジプト人が太陽の神は女といっても陰陽は一向知らない。西洋には地母神があり、地母が万物を生んだという。しかし、天照大御神は母と違う。中国でも「天生地養」、天が万物を生じ、地がこれを育てるという。地母でとはいわない。地母説は陰陽を知らないから暗い。

西洋の神話には、地母は竜が犁を曳いて耕すというが、しかし太陽をいっていない。たいまつを持ってさらわれた娘を捜していたという。これに大昔、女人が農業を発明した関係を伝えてはいるが、女人と太陽との関係はもう解らなくなった。そしてヘブライ人の聖書創世記では女人の農業や太陽との関係すら全然知らない。

インド人も万物の生まれ飛び出すのは陽でと知らず、インドの古い石像彫刻に裸の女体をかくも官能的に誇張したわけである。生命の豊富さ、盛んさをいっても、生そのものを知っていないのである。

五

文明史上、男性女性によって陰陽を知り得たのではなく、天文や数学、音楽などの発明によって陰陽を感じて知ったのである。母が子を生んだによって生まれることを知り得たのではなく、天文、数学、音楽や稲の発明で生まれることを知って、始めて葦牙の生き伸びの鮮烈さに感動し、ついでに男性女性のことをも新しく意識したのである。それで「次に成れる神の名は、宇比地邇神、次に妹須比智邇神。………」というわけである。

伊邪那岐神と妹伊邪那美神に至って、男女の性器を新たに好奇心でいたずらして嬉しい。妹伊邪那美神に話しかけられたことは、幼い女の子と男の子とのように無邪気で明るく清潔であり、猥褻の暗い、つまらないのとまったく別である。

そして天宇受売命の一節が面白い。私はかつて偶然に秩父のある村の端の小さい神社の祭りで天宇受売の舞と出合ったことがある。村の婦女が着る華々しさとは遠い古い青一色の粗末な衣裳に面をつけ、手には一本の小枝を持って舞う。私は非常に親しみを感じていた。あの笛と鼓の神楽がよかった。私は天宇受売の神楽のレコードを買ってきて、半年あまり時々かけて飽きなかった。私は天宇受売という名が好きである。ところが後、天宇受売は醜女だと知って憮然とした。そして古事記のこの一節を読み直してみた。去月、今度は私が天文さんたち三人の娘の旅行について伊勢参拝をした折、天宇受売の舞の話をした。「……胸乳をかき出で裳緒を陰に押し垂れき。」の格好でと語ると、三人はびっくりしていう、しかし、これは子供の目で見た風景で、美醜すら越えた、本当の健康、面白さです。これによって文学の然るべきをも教わりました、と。

倭民族の若さ

一

妹伊邪那美命は火の神を生みしによりて、みほと炙《や》かえて、遂に神避りましき、老衰して死ぬに非ず、傷による壮烈なる死としか思えないだけに偉い。若い民族には老衰ということには実感がないからである。

そして伊邪那岐命は黄泉国にいって妹伊邪那美命を尋ねた。ところが蛆たかれる醜状を見て逃げ還った。インド人のように死は無常という哲学的深思とせず、死は忌みで不潔と怖いとの単純な直感だけ。それこそ倭民族の若さである。私は中学生の頃通学途中の町にあった棺の店の前を通るのが嫌でした。日本では忌みのことは大方仏寺が扱い、神社では祝いごとばかりをする。私は神社が好き。

日本のテレビ記者がニューヨークの街で往来の若者の一人を立止まらせ、死の問題をどう思っていますかと問うている。答は、俺は忙しくてそんな問題は考えようがないと、また足早に行き去った。これは現代人の無感覚である。しかし古人には死の印象は非常に強烈であった。黄泉国で妹伊邪那美命の亡き格好を一つ火燭して見ると、「蛆たかれころろきて、頭には大雷居り、胸には火雷居り、腹には黒雷居り、陰には拆雷居り、左の手には若雷居り、右の手には土雷居り、左の足には鳴雷居り、右の足には伏雷居り、并せて八はしらの雷神成り居りき。」と、こんなに轟々烈々の死であったのだ。

この轟々烈々の死では哲学的疑問の起きる余地もなく、閻魔大王や三途の河や冥途の飛脚など想像させてもらいようもない。ただ、ただちに生をもってこれと対処すべしである。

黄泉国とこの世との境坂で、

「伊邪那美命言ひしく、『愛しき我が汝夫の命、かく為ば、汝の国の人草、一日に千頭絞り殺さむ。』といひき。ここに伊邪那岐命詔りたまひしく、『愛しき我が汝妹の命、汝然為ば、吾一日に千五百の産屋立てむ。』とのりたまひき。」

本当に元気満々の話だ。坊やだけがこんな死にも勝る生の強烈さを持っている。

生まれること即ち成れる神の名は

一

そして伊邪那岐命は身を清める。身につけたものをいちいち投げ棄て、なお我が身を中つ瀬で洗う。清い川の水で我が左の目を洗う時、成れる神の名は天照大御神、次に右の目を洗う時、成れる神の名は月読命、川水の一端に日が出るのにもう一端にはまだ月、なおも遊びたいなと居残った。そして我が鼻を洗う時、成れる神の名は建速須佐之男命、ほら！　この子が出ては天が下も乱れるかな。

本当に朝霞の棚引く光景に在った倭民族である。

「この時、伊邪那岐命大《いた》く歓喜《よろこ》びて詔りたまひしく、『吾は子を生み生みて、生みの終《はて》に三はしらの貴き子を得つ。』とのりたまひて、」

母からでなく、父が子を生む、というのは、陽が生みなり、然して生まれたには非ず、生みとは自ら成れる神の名ということ。今世紀発見した素粒子現象の、陽子が成れるわけもそういうことである。素粒子は究極の自然の無から飛び出したもの、造られたといえば材料がなく、生みとしかいえない。しかし必ず生んだとも言い切れない、素粒子に親がなかったからである。宇宙線の最初は陽子だけで、その飛び出すことと成行のことはやはり成れる神の名はというが如くである。成れるとは好い言い方だな。

倭民族は誰から生まれたでなく、倭民族は天の民、川で伊邪那岐命が目や鼻を洗う時成れる神の名かな、三貴子に次いで小さい子、姉をも呼んできて一緒に遊ぼう。

二

伊勢神宮の五十鈴川べりにしゃがんで、左の手を川に入れて弄ぶと、陽の景に流れも悦んで、魚は群れて漂ったり泳いだり寄りかかってはまたやや遠ざかる。また新しい群れが近付いてくる。陽の景に水流の中に私の手指が動いている時、成れる神の名はという気がする。そして右の手を陽の景に水流に入れて動いている時、また成れる神の名はという気がする。

書や画に新しい生命ができている。然して、それは作者に与えられたのか、あるいは作者に生まれたのですかというと、そうではない。「生」は与えられるものに非ず、生まれるものでもないからである。やはり作者が画仙紙に筆と墨や顔料を操る時成れる神の名はだと思われる。もとより、和服も和式建築や道具もみなそうであった。作者は神で、和服も部屋や道具もみな成れる神の名であった。

古事記神代に生のことを成れる神の名はという、それこそ文明の造形を創造する極意である。

我遊日出処

今年四月二十七日、仙枝、天文、天心の三人は日本へ修学旅行に来て、陶工の岡野法世君と私の案内で京都奈良を見物し、伊勢神宮に参拝した。東京では明治神宮と靖国神社に参拝しました。五月二十六日台湾に帰るまで一ケ月、私は毎朝一時間余り三人に日本の文明のあり方を講義した。今、そのおおよそを次に記しておく。

日の丸と君が代

一

仙枝、天文、天心の三人は東京に着いてまず濤々会の人たちの案内で明治神宮に参拝し、その折、私は三人にこういう話をしました。

君たちも私も、孫文先生が当時日本に来たと同じ志士の心で明治神宮を拝もう。かつて孫文先生が日露戦争の勝利に感激したことは君たちもよく知っているでしょう。今ここが明治天皇のお社である。お社の造営は日本国民大多数の奉仕でできたもの。孟子に、民が喜んで周の文王の御苑を造ったということ、それは本当でした。日本の皇居には今もなお地方から自発的に奉仕団が続々と来ている。それが東洋の政治のあり方なのである、と。

明治時代の日本は東洋的現代国家であった。東洋であったから現代のものが新鮮で楽しかったわけである。日本の国旗と国歌は美しく世界中最高といえる。日の丸ほどデザインが単純な国旗は他にない。米国の星条旗は国民の政治的団結を象徴したものであるというのに対して、日の丸はそんな象徴云々ではなく、倭民族は大自然に在りと示している。またソ連の鎌と槌の国旗は国民の労働振りを語っているが、日の丸は無事無為で、だから大である。日本人がよく働くのは、やはり無事無為の大自然を心の場としているからである。星条旗や鎌槌の旗などは室内の会場に、または狭い運動場に掲げるのはよいが、広い原野や海洋や大山に立てると小さく窮屈でならない。日の丸の旗だけはどこに在っても無事で大きい。さすがに孫文先生が制定した青天白日の国民党旗と青天向日満地紅の中華民国々旗はよい、しかしそれも日の丸の旗には及ばない。中共の五星の旗は米国の星条旗と同じ象徴のもの、面白くない。

日の丸には大昔新石器文明で啓いた太陽と音楽の世界からの伝えがある。他の国旗は事務的しるしだけで、遠く歴史上からの、また現実の風景にある文明の思いがない。

二

国歌もそうである。革命マーチでのフランス国歌、抗日義勇軍行進曲での中共の国歌、または米国やソ連などの国歌よりも、イギリスの国歌「神祐吾皇」(ゴッド＝セイブ＝ザ＝キング)の方がよい。しかし一番素晴らしいのは日本の君が代である、大君は自ら大自然に通じている人の世の中心である。別に神祐は要りません。そして英国の皇には代という悠々無窮の人の世がない。

舜の歌

卿雲爛兮　　糺縵々兮
日月光華　　旦復旦兮

に対し、群臣の反歌

明々上天　　星辰是陳
日月光華　　弘於一人

と、この一人は即ち大君である。人の世は宇宙と一体なり、大君はこの世の無限なる空間の中心であるし、また世の無限なる時間の生き延びでもあるという日本の国歌は、権力や事務を一切越えている。君が代は千代に八千代にと、英国人のいう我皇の長生きとは桁が違うのである。

我が中国の国旗も国歌も考え直さなければならない。と私は三人に言った。

隣国志士の心期

その日は靖国神社にも参詣しました。私は仙枝、天文、天心に楚辞の国殤の歌を引いて靖国神社の祭りの然るべき故を説明した。ことに日露戦役における東郷元帥と乃木将軍のことを説いた。清朝末年と民国初年の頃、今から六、七十年も前、亡命の革命者孫文先生と、章炳麟、汪精衛、蔣介石諸氏は今日の私たちと同じくこの神社に参詣した。今私たちが歩いている境内の玉砂利と飛び石は殆どあの時と同じ有様である。当時は戦役の勝戦まだ鮮烈であった。孫文先生たちの感激を想像してごらん。明治維新と日露戦役はアジア人にとって春雷だ。今日、君たちは観光客でなく、志士の目で日本の修学旅行をすべきである。

そして私は今の日本の乱れを語った。かつて私は岐阜護国神社で、ある刀剣の店の

主人に書一点を書いてあげた。句は

剣　存　国　存

である。私は彼女たちに、乃木将軍は降伏したロシアの敵将に礼を尽くした。その善行はわが身のことと喜ぶべし、そして日支事変での日本軍の南京大虐殺をもわが身のことと悲しんでよい。怨念では歴史は啓けないのである、といいました。

平安神宮と天下の朝廷御所

京都奈良では岡野法世君が案内してくれた。私は通訳と説明役。その日、京都に着いた午後早速平安神宮に参詣、そして醍醐寺と竜安寺の庭を見学した。三人の娘の意見では、平安神宮の御苑が好い、広く自然で、径を曲ればまた池が啓いてくる。これこそ神境である。豊太閤が造った石庭は人工的であり余って窮屈になり、見ていくと飽きるところが出てくる。そして遠景が遮られて広大なる空に通じられない、と批評した。

竜安寺の禅の庭はじっと坐って見たが、三人はやはり平安神宮の御苑が上という。禅の庭は芸術の境に堕ちている。寂しくて貧しい。好いものはたとえさび、わびでも潤い、華々しさがなくてはならぬ、また静寂でも動的の思いがあるべき、それがない。

この庭は何か哲学的、また美学的意味を思わせるが、そんな厳《いかめ》しい思いはさせなくてよい。ただおおらかで未だに題名もつかない思いがいいのです。竜安寺の禅の庭は遊び気分の喜びに欠けているという。それには岡野君も私も同感した。ただし、仙枝、天文、天心は醍醐寺の長い廊下で素足で古い木の肌を踏み歩いて、非常に親しい感じがあったという。

翌日、御所と二条城を見学した。御所は素朴で大きく単純で貴い、開豁平正で天下の朝廷なる観あり、空間も時間も現実的で無窮なり、三人の娘はただ嬉しく感歎した。それと対照的に、二条城は権力感ばかりでいかにも小さいといった。

法隆寺建立当時

そして奈良にいった。まず法隆寺を見学した。法隆寺の庭と建物は、色は単純で明るく、空間広く東大寺などの重い、厳《いか》ついのと違って、何か神宮に似た感じがある。私は彼女たちに説明していう。法隆寺の建築や何かを研究するより、聖徳太子当時の倭民族が外来の文明の造形に憧れ、法隆寺を建てた時「わっ」と歓声をあげた風景を今日のことと想像して見るのが真の学問になる。即ち私たちも国の新時代を啓く志でこの法隆寺を勉強すべきである。写真はとらない方がいい、心に法隆寺と聖徳太子当時の創造精神を映《うつ》すべきである。

そして唐招提寺と東大寺にもいった。長谷寺にもいった。これらもすべて奈良朝倭民族の情緒なり、と思えばいいです。唐招提寺は山門内庭の道の両側に雑木を植えている為、折角の正殿の姿が一部遮られ、風景を損なっていると岡野君が言った。東大寺では大仏を拝観しようとの途中で急に強風に襲われ、天文が手に持った財布をなくしてしまった。

長谷寺では牡丹も時期が過ぎて、数株の咲き残りだけでした。私は彼女たちにいう、中国人は知性で仏教を扱っていたが、日本人は情緒で仏教に定着した。日本人の知性は神道に在る。そして仏寺であっても、その歴史的思いはやはり天皇が行幸、皇太后が行啓したことによってである。世の中の風景は皇室に在った。長谷寺が即ちそうである。日本文明の、悠遠なる世は神道によるもの、仏教によってできたのではない。仏教はこの世にあって、というに過ぎぬ。三人はもとより仏寺をそう感心していなかった。仏教は中国にもあったのに、かえって中国にない日本の神道が親しい。

中国文明はすでに易経で理論的学問とされた。その為に仏教は伝来してから一時は盛んだったが、厳しい試験を受けて落第した。仏教には創造性がない。因明は荘子の斉物論に歯が立たず、弁論がお得意の法相宗は早くも鳴りを静めた。禅宗では易経の一字「機」を取り入れて知性の光を輝かせた揚句、自ら仏教を否定した。臨済禅師は座禅で解るものかと一喝したのに、後の禅僧は「只管座禅」で仏教を保つことを余儀なくされた。その上、極楽浄土より中国文明には自ら仙境がある。仙境は極楽浄土と相当違って、むしろ伊勢神宮境内の、天地清明の感じのようである。遂に仏教や西域の好いものだけは題名もつかず、中国文明の日常に溶け込んでしまった。その為に彼女たち中国の娘は竜安寺の石庭と題名のついた禅の庭や唐代仏教そのままの東大寺に疎遠感を持ったのである。仏教は日本文明が理論的学問化するのに妨害の役をもしたと私は思う。

しかし日本神道は、倭民族と漢民族とが大昔西南アジアで新石器文明を啓いた同志の契りをはっと気づかせる。そして私たち一行は伊勢神宮に参詣した。案内役は岐阜の森宮司がつとめて下さった。

伊勢神宮参拝

三人の娘は五十鈴川の橋を渡ると、即時にみな仙子に生まれ変りましたと悦んだ。私が瑶池の仙子でなく、格好のおかしい天宇受売でもよいですかと問うと、天宇受売になっても嬉しいという。

そう、それで文明とはなんであるかお解りでしょう。文明とは環境のめでたいことと人間の美しくなることとに在る。そして三人が昨日買ったばかりの髪飾は素敵、三人が履いている流行のサンダルも好いな。私の作句、

蓬萊有仙子　　嫣然嬉時制
豈知長生術　　学繡芝与芷

仙子も流行が好きである。

一行はまず神楽殿で巫女の舞を観る。私はこの前天文の文集の序にこう書いた。文章を書くは神前の巫女が舞の如し、観客が相手ではなく、神が相手である。読者も参拝者の如く神前の巫女の舞と一緒に謹しむと。天文は始めて巫女の舞を見た。

舞う時巫女の目は真っ直ぐ前方を見る。世間のものを見るのではなく、神のみを見ていた。キリスト者の神を仰いで見るのと違って、真っ直ぐに前方を見る。英国の女王の、よそ見もせず真っ直ぐに前方を見るあの威厳のある目と違って、すべての表情が抜けた澄んだ目である。その目で天上地下のもの一切は絶対になっています。この前、遷宮の儀に松明《たいまつ》に照らされた神輿の直前を進まれる皇女が真っ直ぐに前方を見る目はそうであった。そしてシテが舞台で舞う時の目もこのように真っ直ぐに前方を見ていた。未だに喜怒哀楽が生じていない天地の始めの目であった。

続いて私たちは神官に導かれて内宮の奥庭で参拝させていただきました。

そして外に退出し、石段を降りて、内宮の回りを散策、内宮の建築を拝観した。私

は三人にこういう、今から二十七年も前に、私は始めて伊勢神宮を参詣した時、日本語が解らず、日本の歴史に全く無知で、ここは日本の太廟だとすら存じませんでした。それでも私は感激して嬉しかった。拝殿前の玉石の敷かれた地面は私をして、太古の洪水が引いた直後に倭民族の祖先がここに来て定居した様子を想像させ、内宮の屋根にあった千木の両端の金色が晴空に輝いていることは、始めて人家を建てた喜びと栄耀であったと思った。当時それは感だけで知り得たが、後年私の日本知識は大分進んで、伊勢神宮の由緒の然るべきを勉強してみて、私の当初の直感は正しかったとわかりました。後に得た知識はこれを裏づけるだけで、これをちょっと越えようとしてもできません。私は当初から感で完全に解り切りました。今は情報学の時代とは愚か、神宮のお社も建築の話に堕ちてしまう。しかし伊勢神宮は研究して解るものではなく、参拝して解るべきである、と私は師として三人の娘に教えた。

女人は今後も太陽

一

天照大神を参拝して、私は天文たちと一つの問題を考えてみた。女人は先頭に立って新時代を啓くことができますか？

去る日、濤々会の和世さんは私に、能楽では女人を前に立たせません。果して女人は成仏できないものでしょうか？　と問うたが、私ははっきりした答ができなかった。そして今度は三々社のことで、果して女人の天文たちが先頭に立って中国文明を復興し、大陸光復の大業をやり切れるだろうか。人格や文章で今、仙枝、天文、天心に匹敵する青年がまだ一人もないのが不安心です。

私の結論では女人はできます、である。

科学上の調査で、原始生物に性別はない、それでも繁殖できる。進化の途上で雌だけあって雄は未だにない、それでも雌は子を生む。更に進化して雄も現れる。しかし雌の方が大きく雄は小さくなさけない存在であった。蟻や蜂はそうである。しかし雄は変異力が逞しい、次第に雌を追い越す、鳥も獣も雄が雌より強く美しくなりました。雄の変異力は進化の原動力であることを人類は大昔から自覚して、子孫を進化させる為に男は先に、女人は後にと極め付けたのである。

しかし、事情は必ずそうともいえない。人類になってはもう動物の進化律を脱出している。高等動物の雌はみな雄より醜いが、女人は男と異る美しさを有している。ただしこれ以上に、女人は陰陽にも限らないこともあり得るのかという問題がある。

雄は陽で、雌は陰で、陽は始発し、陰はこれを造形します。ならば女人は男の創始力に及ばないことは決まっているではないかというと、これが必ずしもそうではない。理由は、雌雄即陰陽ではないからである。

雌雄は物質的な形であるが、しかし陰陽は息か気、雌雄に限らないのである。たとえば数にも陰陽がある、奇数は陽で、偶数は陰、しかし数には雌雄がない。雌雄は物質のもの、数は物質のものではない。書画の如きにも陰陽があり、しかし雌雄ではない。それなら人間は男女の物質の形を脱出して、陰陽の働きをし得るはずである。

天照大神は女であるにもかかわらず、高天の原で陽の始発をしている。史実でも、新石器時代の文明はほとんど女人が創始した。稲、輪、陶器は確かに女人が発明した。稲は天照大神の授け、観音菩薩の楊柳の枝も元は稲であった。輪とは如意輪観音、そして陶器は観音菩薩の持っている瓶。音楽も女人の発明、「女媧始作笙簧」（女媧が始めて笙と笛を作った）と伝えている。天文学の発見は、まず太陽のこと、天照大神は太陽の女神であった。数学も、伏犧と女媧の画像に女媧が規を持っている。伏犧は矩を持つ。女媧の方が陽であった。

陶器のもとは土器でした。中国で発掘された新石器時代の大壺が二個あるが一つは日本に、一つは台北の歴史博物館に置いてある。岡野法世君はこれを見てその雄大さに圧倒された。後世の人の絶対に及ばない雄大さであった。その壺も土器、女人の作だと岡野君が言った。

新石器時代の女人は、男女雌雄の物質的形にかかわらず、陽での創始力を最大限に発揮した。ただし、後、これらの発明や発見したものを理論的学問化した中国の易経とギリシャの数学は男がしたのである。学問化したことは大いに偉いが、しかし始めに発明や発見をした女人はもっと偉かった。

二

しかし後女人はどうして陰になったのか。

理由は文明を啓く発明や発見が済んだからである。火、輪、テコ、轆轤、数と物理、音楽、天文、稲と織機、この僅か十点のものは、数千年後の今日まで無用になるということはなく、またこれ以上何かが増えることは最早不可能でさえある。たとえば輪を工夫することはあり得ても、数学上の発見はあり得ても、輪や数学くらいのものをもう一点か二点発明できようということはあり得ないのである。

しかし、最後に女人が創始した人家があった。人家があって、今までに発明や発見したすべてのものの用いる場ができ、しかし統一された。人家があって、建築や生活の道具が発達し、人家があって、賓主の礼儀作法ができた。人家単位で産業の井田制ができ、天下の朝廷にまで発展したのである。人家はすべての文明の造形を集大成させる基地であった。

これ以後の歴史は創始が終り、演繹のみ、物の造形はすべて輪、数、音楽、天文、稲や織機の演繹、そして人の世の制度はすべて人家の演繹であった。演繹も節々に創始がありますが、もう第一手の創始ではありません。「乾道大始、坤道大順」、歴史は創始の時代から順成の時代に入った。女人はかつて創始の時代の先頭に立った如く、順成の時代の先頭に立った。そして女人は陽の身分から陰の身分に変換した。創始には感だけで、理も情も未だになっていない。しかし順成では物事に理ができ、情ができてくる。女人は自分で創始した人家の営みに夢中になり、物理を情にし、美にすることに没頭した。そして理の方は男に譲った。理より美と情の方はまだしも創始の感に近かったからである。

然して理は発明より後のものですが、原因にはなりません。美も情も結果であって原因ではないのです。美と情は形や色に鎮まりやすい。そこへいくと、逆に理は無色で学問の花を咲かせた。中国の易経、ギリシャの数学がそれである。そうして男の方がより発動的、陽の役に転じたのである。以来女は陰になり、男に劣った。

ただし、日本では男が文明を理論的学問化した手柄はなく、女人は男に怯気づかないから、長い間太陽と一緒でした。奈良朝の額田王の歌は雄大で、宮中の采女達も高天の原の織女の如く美しかった。しかして、仏教と儒教の影響で日本の女人もだんだんと弱くなり、江戸時代は最低となった。

戦後は女権を主張したが、最も根本なる問題は女権より女人に陽の創始能力があり得るか否かに在る。志ある女人はやはり伊邪那岐神と伊邪那美神が男が先に、女が後にといった言葉に惑って悩んでいるのである。しかして古事記のこの一節には訳がある。惑うには及ばない。

文明は新石器時代、即ち天照大神の代から始まった。これより以前高天の原には何の風景もなかった。高天の原そのものすら知らなかっただろう。それ以前は旧石器時代だ。天照大神の代になって、高天の原に稲や織機と祭りの風景が出たのである。旧石器人は大自然や神を知らない、タブーとトーテムだけを知っていた。そして男先女後を知っていた。神代とは本当は天照大神の代から始まった。以前天之御中主神から伊邪那岐、伊邪那美神まで七代の神は後から逆に辿って付け加えたのである。これと似たことは、ヘブライ人の聖書に創世記の部分を後からつけ加えた例がある。そして男先女後の言葉を伊邪那岐、伊邪那美神に付け加えたのである。

下等動物の雌大雄小から高等動物の雄大雌小に、更に旧石器人の男先女後の知識に至り、それは進化の頂峰であった。しかし新石器人はもうこの進化律を脱出して、男より女人が文明を創始した。女人は天照大神の時代から自らの智慧と光で美貌になった。

ただし、以前あった男先女後の史実を忘れ捨てるわけにもいかぬ、そこでこれを伊邪那岐と伊邪那美の神の話につけたのである。本当は旧石器人の名残りは、この二神の新石器文明らしい陽気な小児の遊び気分には相応しくないのである。

三

人は、自分が体験したことのないものには、どうしても親切にならない。新石器文明は女人が創始したものではあるけれど、後、中国で男が易経でこれを理論的学問化し、ギリシャでは男が幾何学でこれを理論的学問化して、ものの造形と制度を新局面に立てた。それに対して女人は全然親切ではない。女人は反逆者になりました。女権の為ではなく、ものごとの造形と制度と道徳の掟に造反したい為である。女人は生来反理論的、この世の営みで積もってきた秩序に対して全く愛惜の心がない。史上女人がでれば殆ど国を亡ぼす。折角お行儀の好い女人であったのに、いつかはこんな、もののの一切を顧みずに乱暴する。中国を滅茶苦茶にした江青はその典型であった。

然して、一方では、大昔女人は太陽であったことを記憶し、男と争う気も随分あった。中国民間の伝説、芝居や小説にでた実在人物ではない唐代の樊梨花や、宋朝の楊家女将軍達の英雄で美貌なるのは普く人をして憧れさせた。樊梨花の美は、西施や楊貴妃の美どころではない。元来女人は美貌なるはずがない、旧石器時代の女人は外の高等動物の雌のように醜いものでした。新石器時代女人が文明を創始し、聡明で美貌になった。天照大神の代から女人は美しくなり、それは男のお陰ではなく、女人自身にできた神々しい美であった。後、女人の美は殆ど男が創ってくれた。世に英雄があれば美人も出る。女は専ら色で、男が光でこれを照して始めて美になったのである。然して、樊梨花の美貌は見馴れた男がつくってくれた女人の美ではなく、神前で巫女が舞う時の美であった。そして樊梨花や穆桂英の戦陣に出る姿の天晴れさは、巴御前の武勇どころではなく、天下の兵馬烟塵を伐ち平定する自信に彼女の澄んだ目は輝いていた。

樊梨花はもと唐と戦った東胡の姫、他に北京戯によくでる代戦公主、鉄鏡公主、双陽公主は皆西戎か北狄か南蛮の敵国の内親王、戦場で漢民族の将軍と戦った揚句結婚し、男の代りに大唐や大宋の江山を護持したという。番邦公主とは彼女たちの反逆的面を表現しているが、しかし江青のような破壊ではなく、女人の自覚で男の世界の役を受けて立とうというのである。芝居に出る樊梨花や代戦公主達は皆男の将軍に優る。女人が陽である点を強調し、新石器時代の太陽であった女の面影を持っていた。

私は、日本女人は江戸以来の婦道を脱出し、額田王の時代の女人の豁達に戻るべし、中国女人は宋儒以来の婦道を脱出し、漢唐時代の女人の豁達に戻るべしと思っていたが、やはり、天照大神の代に戻り、中国では女媧の代に戻らなければならぬのである。

四

女人が再び陽での創始に努めると、今まで三千年来の歴史が大きく覆るかな。然して女人は何役をすべきかな。

この問題は二つある。一つは西洋からの問題。西洋のものや制度の造営はギリシャの学問に基いたものであるが、しかしギリシャ人は新石器文明にあった数と物理を理論体系的学問化したとはいえ、数や物のわけを不問に付した。故に西洋的一切の造営には生命がない。それで今は行詰まっている。これを救うには、そのもとであったギリシャ学問と新石器文明との関係から直さなければならない。そこへ女人が役に立つべしでしょう。

女人はこれから陽の働きをするといっても、まさにもう一遍、新石器文明を創始した如く、輪や天文数学音楽等に匹敵する新発明があり得るとは想像できない。ただし、女人は新石器文明を創始したので、ギリシャが、乃至中国がこれを理論的学問化した損得を問う資格を最も有している。

中国文明ではかつて高度の数学や科学を害なしに使っていたが、問題の二つ目はもう一遍中国文明で現代科学を無害化することが可能かどうかに在るより、易経以来の理論的学問化自身に在るのかも知れない。もとより老子荘子は新石器文明の学問化に反対した。黄老の智慧はより女人に近づいた。今度女人はこれをどうするかはとても予想し難い。

とにかく、今は人類文明の歴史を一遍顧みて考えてみるべき切迫した土壇場に当っている。最初は新石器文明である。女人が陽の主役で、輪や天文数学音楽等を発明し、序でに人家を創始した。その文明で略七千年も続き、バビロニア、エジプト、古代インド、古代中国と日本を含め世界古文明国ができていた。それが第一期であり、真に太陽と音楽の世界であった。

それから第二期に入った。中国では易経、ギリシャは幾何学、今度は男が陽で主役に立って新石器文明を理論的学問化したのである。これは今日まで三千年以上もの年月続いており、その間、東洋と西洋の世界でやって来たが、より問題が多かった。学問化したことはどうしても理則を意識しすぎる嫌いがある。女人はずっと反逆心を抱いていた。

然して、今日の人心荒廃、世界での物質の営みが行詰まってことごとく萎れ、破滅に瀕しているのは、既に文明史上のこの第二期が終ってしまったことである。若し第三期に入り得なかったら、歴史はそれきり絶えるであろう。今は即ち学問化そのものを問い質す必要に迫られている。ギリシャの幾何学やら中国の易経やらを問わず、学問化それ自身が問題である。今、文明史上の第三期へ向かって、女人が陽においての働きかけをすべしということだけは明らかである。

出雲とやまと

一

私は世界の古代文明の伝説の原型である古事記によって、始めて古代文明史上の二つの大きな疑問を解くことができた。一つは天に反乱したことについての、もう一つはいわゆる母系社会から父系社会に代ったことについての問題である。然して実は、この二つの問題は一つの問題であった。

世界史上の古文明国は、皆かつては天に反乱が起きていたという神話を持っている。インドでは阿修羅、中国では共工、バビロニアにも似た神話があった。イスラエルの聖書創世記では大分曖昧になったが、やはり同じことが伺われる。そして日本では須佐之男命のことだ。それは一番正しい伝えでした。

これに老子の「反者道之動」という好い解釈をつけるのは差し支えないですが、然して、本当にそんな反乱の事実はあったかどうかが知りたい。須佐之男命のことを見れば、これは新石器時代後期に至って男の人が女人文明に反乱を起こしたということなのであろう。

文明は天照大神の代より、女人が創始した。天照大神が坐っていた高天の原の風景は、新石器時代を始めた人の世のそのままでした。太陽と水と音楽、輪と数学、稲と織機のある人家の世、女人が主で、すべては美しく、悠々無尽の風景に、戦争などはまったくなかった。そのお陰で、男の人は漁猟を脱出し、新しい世に仕事をし始め、女人文明の番頭役となっていた。そうしていくにつれて、事務の面の比重が増して、次第に男の人の言い分が強くなりながら、数百年から千年を経ると、とうとう女人が主であった世に反乱を起こしたのである。

それでも男の方はそう簡単には決定打を放てなかった。なお長い間男の人は王で、女人は祭りの斎主でと引き分け状態、エジプトの如きは、女人も男の人と同等、王になれるのであった。中国では、伏犠氏は風の姓という、氏は男のもの、姓は女のものである。そして夏・殷・周の国啓きは、皆その母の話から始まっている。

男の人が女人に代って決定的に世の主になり遂げたのは、バビロニアや、エジプトや、インドの如く、途中蛮族が侵入してからのことである。蛮族には女人文明はかつてなく、征服によって男の人が王となり切って祭司も男が役をした。それで宇宙の最高神も男性になりました。もとより、天之御中主神は大自然の意志のこと、陰陽より以前なので男神か女神かはいえないのです。

中国の事情はこれと違う。中国では男の人が易経や孔子の思想で女人文明を理論的学問にしたから、男性の世界が確立できたのである。これに対し、ギリシャでは男の人が幾何学をやった。

然して日本では蛮族が侵入したこともなく、男の人が理論的学問にしたこともなかったので、須佐之男命のやったことは、より単純で、即ち女人文明の番頭役となった男の人が次第に我儘になっただけのことでした。高天の原に対する出雲の国は、後世京都の朝廷に対する鎌倉幕府を例えればわかるでしょう。幕府が朝廷を無視できぬように、出雲も高天の原を無視できなかった。これはやはり、日本の男子は侵入した蛮族ではなく、また理論的学問をした貫禄もないので、文明の女人の主に対しては始終、恐《かしこ》しという。須佐之男命反乱にもかかわらず、なお、出雲一行の男達は偉かった。そして、後世の江戸開城談判のように、出雲は天孫に大政奉還した。後世明治天皇の鳳輦東幸にはやはり天孫降臨の面影がありました。

天孫邇々芸命は幼い。古代の風習では男の子は成年式の年まで女人の方についていた。為に天孫は女人文明の幼い主と成れるわけだ。太子正勝吾勝々速日天忍穂耳命は成年で、もう出雲系統と同じく男の人の方についているので天孫にはなりません。こういうわけで、天孫は天照大御神と同衾同殿でというその幼い点を強調したのである。これに対し、しかし天孫も成年の男にしたならば？　と問うのは愚かである。天孫降臨の一と言で、もう日本の代々の天皇の素質を決めている。保田與重郎先生の著「後鳥羽院」に、わが日本文明の伝統は、美しい宮中の女人達が幼い天子を奉るに在りといった。これは世界文明の伝統ともいえる。

中国では伏犠氏が八卦を書くまで、西の方の古文明国では蛮族が侵入するまで、またはギリシャの学問化がなるまでに、王と女人の側とのいきさつは、日本の古事記のこの一節によって大方証明された。エジプトの王も太陽の女神の子といい、中国では天子、子とはやはり幼いのです。なお、中国で昔男の方は氏、女人には氏がない。氏に対して姓というが、日本の天皇に姓がないのは一層その原型である。

二

女人は美を発見し、男は理を発見した。美とはまず太陽の世界によるもの、然して太陽は新石器時代の女人のものだった。女人は美を発見したというより、美を発明した。日本の美は純粋に女人的であった。中国では後、男的な美も成したが、世界の美の正統はやはり女人的美である。現在も女人はわけなく男より審美観を持っている。

それに対し、大昔男は女人文明の総務部長で、仕事に理則をつける必要が生じてきた。それで中国では易経、ギリシャでは幾何学で女人が発明した文明を理論的学問化した。女人の発明には及ばなくても、発見はしました。それで歴史は更に新しく発展し、男の人がやがて確実に女人の代りに世の主となりました。

理論などなくてもよいではありませんかという人もあるが、しかしそういってはやはりいけないのです。トインビーの著に、地中海あたりの古文明国は三十位もあったが、その多くは何の原因もなく消えていったという。それらは、日本や中国と同じく西南アジアからの新石器文明の素晴しさがあったが、理論的学問化へ進めなかったので、長い年月を経て、停滞し、萎れ朽ちたのである。マヤ文明もそうで、太陽と巫女の美しさがあってもしまいには駄目になった。

バビロニアやエジプトでは、部分的に理論の学問があった。例えば医薬学や幾何学や哲学などがギリシャ幾何学のように確立するまでには至らず、易経の学にはなおほど遠いですが、それでも為になり、バビロニアやエジプトの文明をよほど発展させ、長びかせたのである。然して本格の理論的学問化に至らなかった為に、しまいにはやはりバビロニアも、エジプトも消えた。古インド文明もそれに若干似ていた。

日本では、奈良朝平安朝の公卿が笛を吹く、額田王や紫式部の、そして後鳥羽院の美は相変らず女人文明の引き延びであり、乃至今日まで日本人の美の情緒も高天の原によるものなのであって、よくもあんなに永年を経て停滞なく、朽ちず消えずに済んだのは、やはり中国から伝来した易経や孔子の理論的学問のお陰である。

故に、たとえ理論的学問化するそのことに問題があっても、また今後女人が再び男の代りに世の主になっても、理論的学問などは要らんというのはいけない、理論的学問を革新すべきなのである。

三

文明史上に於いて女人のしたことは発明であったが、男のしたことは発見だけである。輪や音楽、数学、轆轤などは造形的、無から創られたもの、発明という。天文と数学は自然に有ったものの発見とも言えるが、稲に太陽の有難さと美はやはり創造されたものである。数にも物の象があり、抽象的でなく、造形的なのであった。そして人家も創造されたもの、無論発明であった。今でも女人は現実的。色にこだわり、空想や理論と縁遠いといわれているが、然してこれはもっと有難いものと解説した方がよいのである。美も女人が発明した。美には必ず色がある。

これに比べて、男がした理論的学問ではとても創造になれない。今の如く、科学で銀河にあった現象を発見できても、それで有難さと美とはいささかも創造できはしないのです。科学の方法でつくったものは、すべて創造性がなく、構造だけである。女人が発明や創造したものには神があるが、科学上の発見や構造には神がない。それでは今やっていることは甲斐がない。甲斐がないから、何の為に数学や物理学を積木式に無制限に累積しているか、また何の為に拡大経済生産しているかも不問にし、いたずらに世界を物質化しては目に余る、人類の歴史をわけのわからない破滅へと直進させつつある。

歴史のいきさつと天意

一

それでは中国の易経や孔子の理論的学問はどうですかというと、これも今は腐っている。

易経の理論は物の形になりかけたところで物の象があり、西洋学問の理論の抽象（物の形も象もない）と違ったのが偉い。中国では象形的、西洋文字のような符号ではない。音楽も、音階のしるしは符号ではなく、宮、商、角、徴、羽や黄鐘応鐘大呂大簇などと具象的言い方をする。そして古琴の楽譜は指の幾つかの使い方の動作でしるしている。数学の三角も勾股弦と実物でいう。なお、数は天数、劫数といい、四時八節とか十二月花名や、じゃんけんでは一枝花、二進宮、三元及第、四季発財、五福臨門、六順、七巧、八馬、九長寿、十全と言い当てて勝負する。そして数には陰陽があり、奇数は陽で、偶数は陰という。また数には徳があり、一の数は「天得一以清、地得一以寧、侯王得一以為天下貞」と老子がいう。数に形勢もあり、杜甫の詩に諸葛亮のことを「天開三分業、地留八陣図」と讃える。そして数に風景があり「漢家離宮三十六、秦地関所一百二」や「南朝四百六十寺」というが如きである。なお、二儀や五行五色五音というのもある。

中国では天文学も季節に適応し、日常生活の為になっている。物理学も、格致の学、または天工開物という、格物致知の知と開物とはやはり造形に重点を置き、発見だけでなく、発明でもあった。中国文明ではすべての学問が大自然と人世《ひとのよ》とを統一していたので、数学上の無理数の問題も、物理学で是非が摑めずという問題も、制器でわけなく解決済みになっている。

中国の男は大昔同じく女人文明の総務部長であったが、やはり西の古文明国の男より聡明であった。易経と孔子の理論学問は、創造性を持っており、女人文明の発明に次ぐ演繹である。これに対し、西の古文明国では奴隷制ができてから駄目になった。奴隷制にしたのはやはり総務役の男である。それで彼処の男人はもう創造性が全然なくなり、せいぜいギリシャの抽象的理論での学問化が限度だ。次いで彼処の女人も男人とともに悪くなり、ギリシャのヘレネ（Helena）から現在の西洋女人まで皆ショーにおける誇張を美とし、日本や中国の女人の天然自足の美とは比較もできない。

文明の基本なるものは天文、音楽、数学、輪、稲、陶器、人家、文字などであり、殆ど女人が発明したが、就中文字だけは男人が発明した。男人の事務役に引発されたのであろう。象形の漢文字は易経の理論思考に非常に為になっている。しかし西の男人は弱いので、文字を符号に堕し、よって理論学問の思考も抽象的になって、文明の造形にならない故である。
中国文明の理論学問も、西洋の理論学問もよく二、三千年にわたって保たれてきたが、然して今日に至ってやはり朽ち切れている。西洋のだけではなく中国のものも。

二

西洋の理論学問はもとより不具であった。科学の生命は、自然界の現象について原理上の発見力にある。あったものを発見するのと、無からものを創造する発明とは別のことですが、発見でもそれなりの大功績を立てている。その結果としての科学技術も有難さがあるはず。それだけでも西洋の歴史が今日まで保たれてきた故である。然してよく調べてみれば、ギリシャの理論学問はローマ軍侵入前既に停滞し始めた。そしてローマ時代に至ってはもう完全に停滞して朽ちていた。ローマの腐ったのとともに西洋歴史はそれきり終りかという土壇場に来至ったところ、中国の数学の零、位記数法と代数と比例が伝来し、磁石の羅盤と火薬と印刷術も教わって、欧州のルネッサンスと十七世紀の新しい数学と物理学が新たに発展し得たのである。しかし今世紀後半になってからはまた萎れている。即ち科学の原理上の発見能力が萎れ停滞し、西洋の理論学問はギリシャ末期に次いで決定的に朽ちている。これに次いで、今度は世界の歴史もすべて終りかという恐れがある。

残念なのは中国の理論学問も停滞し朽ちていること。ギリシャ文明は既に停滞したからローマにやられたのと同じく、近世の中国は、その文明が既に停滞したから西洋にやられたのである。どんなに偉いものでも、停滞しては朽ちる。かつて地中海辺の多くの古文明国は、女人が発明した新石器文明に千年以上も安住した果てに自ら消え去った。次ぎにバビロニアやエジプトの如きはそれに理論学問らしいものがあって、永く保たれたが、それもやがて停滞して亡びた。ギリシャの理論学問と後の十七世紀以来のも倶に停滞した。中国の易経や孔子の理論学問も今に至ってはもう甦し難くなっている。明治維新であっても、孫文の革命であっても、為になるには不十分でした。

私は今世紀の自然現象の発見を新しい証拠として、易経の言葉をもっと明白に大自然の五つの基本法則として提出したが、これで以て文明の在り方と現在の世界の是非を見分けるには役に立つが、文明の新しい造形を創始するには別、それはまた理によるのではなく、感によらなければならない。今の人にはもうこういう感激心の感がない。西洋の産業国家主義の物質ばかりで、全世界をへドロのどぶにして生命あるものを全滅させかかっているからである。それでは大自然の五つの基本法則を教わっても全然不感である。

そこへは、感を甦えらせるのが絶対的である。その感とは即ち易経に「感而遂通天下之故」という感、大昔洪水を渡って啓いた覚り識で新石器時代文明を創始したその感を甦えらせるのだ。しかし男人はこの産業国家主義社会の主役だから、自ら規制にはまって、殆ど感性が喪失し尽くして、もう頼り難い。これに比べて、女人はまだかなり外れているので、理性より感性を持っている。為に、頼もしいかなと思う。今、男人は本当につまらなくなった。女人はまだ人生に猶予を持っている。少なくとも女人のお化粧の心境はとても男人にはない。

岡潔先生は、女人は我々と別の人種だといい、また奈良女子大学の教壇で、君達の思考能力は私の二万五千分の一しかないだとか、人との対談で、傍にいる奥さんを全然気にせず、妻は天が下一番便利な道具とかいうお方なのだが、私にこういったこともある。数学は女人に役立たせるべきかなと。女人なら、数学にも色をつけ得るでしょう。それなら数学も自ら文明の造形になれるかな、科学もかな。

現時勢ではやはり女人文学の風で人類の感知力を甦えらせるのが早道である。そして大自然の五つの基本法則を学ぼう。然して、これからの歴史の行く方を天にまかすより外はない。

中国の神話にいう、共工が黄帝と戦って敗れたが、怒って頭で不周山にぶつかる。天柱が折れて、星々はごろごろと西北へ傾いて転がっていく、地軸が陥没し、東南一帯は漲ってくる海水に没した。その時、女媧神が登場して、五色の石を煉って天を補う、芦を焼いてその灰を地に敷きつめたと。天照大神は洪水後のことですが、女媧は洪水の神話に後世の戦争をつけ添えている。今度のことも、核兵器の世界大戦が終ってから女人が再び登場し、文明を布くでしょうか。でなければ人類の感性を甦えらせようがないのではありませんか。

書道は神代より

京都では伏見稲荷大社に参詣し、宿泊させていただきました。千本鳥居を歩き廻って、日本の世俗の衆の信仰心と仕事のエネルギーに驚きました。そして伊勢からの帰途には岐阜護国神社に参拝し、宿泊させていただきました。三人の娘は招待されて長良川の鵜飼を見ました。鵜飼は川合玉堂がここへ来て写生した時代と違って大分風情がなくなりましたが、三人は自分の青春で、長良川の流れに映る市街の夜景、群がる遊覧船の提燈に、ここは日本だとの新鮮感で一杯になりました。

続いて今尾神社に参拝して泊めさせていただきました。森肇子夫人は三人に抹茶の儀と畳に手をついてする挨拶の作法を教えて下さり、三人は順に真似をして試みました。お父上は嫁に堅苦しい気持にさせないようにと注意をされ、三人を誉める。「お上手、よくできた、聡明に」と。四人の孫娘も傍で見ていたが、末の小学生の目は真剣で、星のように澄んで輝いていた。三人はただちにこの子と同等になりました。千年以来の礼法、日本の美しい嫁、私たち客のもてなしに家中の嬉し気がありました。

今尾神社でくつろいで三人に三輪の話をした序でに書の講義をした。今度三輪神社の参拝に及ばなかったのは、あちこち廻った末の疲れ気分では不敬であると思ったからである。私は神楽が好き、始めて神前で巫女の舞を拝見したのは笠間稲荷で、本当に清艶で神々しかった。後、三輪神社で巫女の舞を拝見して、素朴で雄大で、出雲風土の匂いを感じ、中国大陸出身の私には殊に親しかった。

私は十五の年から書を学んできたが、日本に来て巫女の舞を観て始めて永字八法がはっと解った。永字八法とは巫女の鈴の舞の姿そのものであり、晋時代の若い美しい衛夫人をして十二歳の王羲之に教えさせたものであります。

字の六義

晋時代の衛夫人の実家衛家は、当時の王家と謝家と公卿の筆頭三家の一、殊に衛家は代々書の名家で、衛恒著「四体書勢」がある。衛夫人は衛恒の孫娘に当る。嫁ぎ先の公卿の名は忘れたが、中国の習慣では嫁は娘時代の実家の姓を使う。光明皇后が藤三娘と称すが如くであった。

書とは何んであろうか、衛恒は字に六義ありと言い始める。六義とは一に象形、日や月の字の如く、日の字は日の形を象し、月の字は月の形を象す。二は形声、形と声とを組立てて、江、河の如く。三は指事、上、下の如く、水平の一の上にある一本の縦棒を指点して、これは上なり、また水平の一の下にある一本の縦棒を指点して、これは下なりという。四は会意、武や信の字の如く、戈を止まらせるのは武なり、人の言は信なり。五は転注、老、考の字の如く、老の字は方言によって考の字に転じる。六は仮借、令、長の字の如く、長上の人は命令する。令長二字の意味は相通じているから、仮借して使える。

　然して、造形の基本は象形であった。たとえば形声の江の字でも、左辺の氵（）は水の象形で、右辺の工はそのコウという音を取って、即ち工の声と氵の象形とを合わせて揚子江の江の字になるのですが、本当は、工の造字も二本の横木を一本の縦木でつけて組む、大工の仕方の象形である。他の指事、転注、仮借、会意もみなそうで、造形でない部分は一つもない。

　漢字は象形であるから書道に成れる。西洋の文字は符号であるから書道に成れない。文字以前は結縄で記事したり、石刀で木に線を刻んで記事したがあれは符号であった。然して文字はそれらと関係はない、象形における発明であった。

　すべての文明のものは象形といえる。易経に、大自然のすべての物の象を八つの卦象に要約し、それぞれの象から物の造形に創制されると説明している。易経はこれを理論的学問化したのだが、大昔、新石器時代の幾つかの民族は物の形に成しかけたばかりの物の象を悟り得て、始めて文明を啓き得たのである。今の人は史上のこのことを覚えるなら、文字の象形ということの貴重であることが解るであろう。

かつて古文明国の文字の始めは皆象形であった。メソポタミアの土版に彫った字は、殷墟の甲骨文字によく似ていた。しかし彼処では後、象形が行詰まり逆戻りして、鍥形文字や結縄文字にヒントを得、符号文字に変えてしまった。象形から形声、指事、転注、仮借、会意へ発展して行くべきことを知らないからである。符号文字は一種の道具に過ぎぬ。自身の存在の実感がない。

漢字の六義は象形からの発展で生命のある統一されたものである。そして更に部首を発明し木偏、草冠などに類別して、漢字の体質を整え、四声で漢字の音楽的体質を完成した。

漢民族の文字造りと殷周の銅器の造形能力とは一つである。中国の建築とあらゆる道具、文字と言語、思想と制度すべて独自で創造し、かように偉大なる体系の文明の造形ができた。これはやはり漢民族の悟り識で、大自然は無から有に、物になりかけた象から物の形に生成することを会得して始めて可能だったのである。

しかし西洋人は物の形だけを知って、象徴といっても象を知らず、従って拵えた造形は一つも文明にならない。科学者の湯川秀樹博士はよく「同定」をいうが、そのわけを本当に知っているのか。

物々は大自然の五つの基本法則により、また八卦の卦象によるのであるから、同じ理則に定められている。五つの基本法則も八卦の卦象も、縦の発展で為したので、物々の理則の同定も横からというより縦からの関係である。字の六義、象形、形声、指事、転注、仮借、会意も象形からの縦の発展で、同定の理則があり得るわけである。

象形とは西洋のいう象徴などではない。文明の造形はすべて象形的である。何かの物形の真似に非ず、何事かの意味を象徴すというにも及ばない。象形とは自ら一つの完全な存在でなければならない。それで漢字は書道になれる。西洋の符号文字は駄目、また物の形にこだわり過ぎた画も書よりは不自由である。

物々は皆それぞれ自分の形を持ち、他の物の形の真似をしない。漢字、画、彫刻だけは他の物の形を真似する。しかし漢字はようやく真似から脱出し、他の物と同じく直接に卦象から自分の形ができた。故に漢字は文章の道具ではなく、漢字自身が物をいう。また、漢字は言語を記録する道具でもない。漢字自らの風格をもってある。そして漢字は書道に成って、陶器や舞と並んで文明の最高の造形の一つになっている。

象形は自ら満足な形を持ち、かつ満足な行動を持ってある。陶器も書も、舞のような動きにはならないが、息で動きの意志を持ってある。西洋人のいう象徴はつまらない。あれには自体がない。しかして、天皇は象徴というべからざる。天皇は大自然の象形で、絶対なる自体を持つ、かくして舞の如く行動的である所以となる。天皇は親政すべしである。

書は永字八法で動の姿勢を表現している。

巫女の舞と永字八法

神楽ではまず献饌の儀が素晴らしい。神殿で陣太鼓のような太鼓の激しい調子に、巫女が神饌を両手で眉よりも高く捧げ持って小走りで進む、その勢いは夕立のようで、世の倦怠や千年の淀みを一遍に吹飛ばし、これで民族の青春の志を興し立つのである。仏教の静と違って、神道は動的。宇宙は易経のいう易の一字である。即ち動きの変化である。巫女の舞には天地清明、海晏河清があった。

巫女の身なりは、白の上着と赤の袴と白い足袋、すべて神々しい。後、江戸時代の女の着物では、裾が窮屈になって、王朝時代の雄大な舞はもうできなくなった。

晋時代衛夫人のお召し物も襦、裳裕というような寛《ひろ》い衣裳であり、南朝でインドや西域の女のスマートな窄《せま》い服を取り入れたのはやや後のことでした。衛夫人が舞で王羲之に永字八法を教える風景は想像できる。然して、あれ以来千五百年の間、永字八法のわけを誰もまったく説明してくれなかった。

　永の字の形を巫女の舞に擬すれば、上の点は頭で、横線は肩、正中の縦線は身、そのはねたところは足、そして左右の短い二本の線は鈴と鈴の飄帯を持つ両手、また左右の斜めに流れる長い二本の線は舞う時の両足と裾である。八法とはこの一つの点と七本の線のそれぞれにつけた動きの姿の名称である。即ち、

というのである。

一、側
　側とは、点の動く姿である。巫女が舞い出すのにまず動きの気配は顔と目に在るが如く、永の字の全体の動く姿は点の動きの気配で始まる。鳥が飛ぶ前に頭をちょっと傾けて何かを思いついたのにも譬えられる。

二、勒
　勒とは横線の書き方で、騎馬で馬を走らせるには、手綱を逆に後方へ引張り、

馬の頭を後方へ上がらせて、その順逆二力で馬は案外勢いを得て自分の意志より以上に走る、という如く、筆を逆方向へ勒しながら進んでいく。こうして、筆は紙に浮かないで、紙を刻んでいくにつれて、自然に波が生じ、巫女が舞う時肩から両腕へ伝わる波の動きの美しさに似る。

勒とは逆筆ともいえる。横線に限らず、いかなる線や点を書くにも勒でなくてはならぬ。勒で点を書けば愉快でしかも沈着頓挫なり、また勒で線を書けば勢いよくて、同時に渋味がある。

三、努

勒で書く縦線を努という。努とは弓を満に引くように、途中は波動があり、また手力男命が岩戸より天照大神の御手を取りて引き出すように、丁寧であった。

四、趯

趯とは巫女が舞うに足首をちょっと翻すように、動きの節は弾みで次の策を誘起する。

五、策

策は即ち鞭である。これは巫女が舞うに左手に鈴の飄帯を持つように、または春風に乗っての郊遊の帰り馬に一鞭をくれてのようである。鞭で軽く一揮すればぴしりと馬腹に響き、また春風にも響く、これが策の筆の運び方である。

六、掠

掠とは巫女が舞うに身を斜めに傾かせた勢いで、左手の鈴の飄帯が斜めに下がって掠めるが如き、または鷹が滑翔降下し、地面を掠めてまた斜めに飛び上がって去るというが如きである。掠の勢いは前半分にあるが、勁は後半分の尾にある。

七、啄

啄とは啄木鳥が嘴で木を啄むが如し、または巫女が舞うに右手の鈴を裏返しに一振りするかのようである。啄と策とは左右方向相反対の短い線だが、策の筆の運び方は軽快で陽なり、しかし啄は陰であって重厚で確実の感じ、左右陰陽対称をなしている。

八、磔

磔と掠とはこれまた左右相対の二つの長い線、左の掠は陽で軽快なり、右の磔は陰で迫力一杯。磔とは巫女が舞うに、身が右へ斜めに下がって、右手の鈴で地面を掬うようにしていく、という如きである。または大きい車が下り坂を駈けるのに、道に在った何物をも轢砕していく勢いでというような筆の運び方である。

大自然には五つの基本法則がある。そして八卦はすべての物の象をまとめている。幾何学の五つの自理はすべての物の形のしかるべきを、ニュートンの力学三定理はあらゆる物理的運動のしかるべきを扱っている。然して書の永字八法は、あらゆる生きものの姿である動きの美を一つの造形に成している。そこへ私は巫女の舞と出逢ったのは嬉しかった。

執筆法に陰陽あり

書は新石器時代から、即ち神代からのものである。

書には陰陽がある。書の陰陽は、まず執筆法にあり。そして筆の運び方にあり。そして字の結体にある。

執筆法とはまず筆は五本の指で執る。真ん中の指と薬指とで筆幹の下の方を堅く挟む、力は薬指に在る。小指は薬指につけて加勢す。これが陰で確実的なり、為に筆は安定する。そして親指と人差し指とを筆幹の上の方に力を少しも入れずに軽くつけ添える、それが陽で虚なり、為に筆は活動できる。

こういう執筆法は、神代からあった箸の執り方からヒントを得たものと思われる。箸の執り方では、下の方の一本が陰で固定し、動かないで、上の一本が陽で動いてこれに付き合って食物を挟んで取る。若し二本ともに動いたらすれ違う恐れがある。箸の発明と執り方のついでに、鋏の執り方、剣の執り方、筆の執り方ができたのである。鋏も下の刃は陰で固定し、上の刃が陽で動くなり。そして剣は、左手で柄のもとを固く握る。それは陰で剣を安定する。そして右手は柄の上の方に軽くつけ添える。これが陽で剣を活動させる。

その理を一番早く会得したのは箸よりも神代の槌であった。

かつて旧石器人は棒や石斧を以て一本筋の動きだけで用を足した。洪水を渡った後、人類が槌とのみとの二つの異る動き方を合わせて石仕事をする、それで旧石器時代を脱出、新石器時代を啓いて、文明を創り始めたのである。のみに槌、二つの異る動き方で軽と重、剛と柔、虚と実を会得し、陰と陽との然りを感じ知った序でに、箸や鋏を発明し、織機も発明した。織機と梭とでの動き方は即ち陰と陽とによること。家宅の建築も陰陽虚実軽重剛柔の理で一遍に発達した。生活の道具の造形も陰陽による円と方との理で発達した。こういうわけで槌は神代に神々しいものとして扱われたのである。のみだけでは棒や石斧と同列のものに過ぎない。

神代には野槌神があり、中国では雷神が槌とのみを持つ。しかし西洋の神話に出たヘラクレスは棒を持つ。西洋人の祖先はもと、洪水の時北ヨーロッパへ逃げ込んだ旧石器人で、槌を発明した記憶がないからである。西洋人は箸も毛筆も知らず、書道がなし、本格の剣や武道もなく、西洋の建築や道具には陰陽の虚実、剛柔、軽重と方円がないのである。

書の執筆法にはこういう由緒があるからこれを大事にせねばならないのである。剣の執り方を誤ってはどんなに努力しても本格の剣には成り得ぬと同じで、執筆法を誤魔化しては書になりようがない。陰陽の執筆法で始めて剣は生き、陰陽の執筆法で始めて筆が生きて、息の柔かく勁い書が書ける。

円筆と方筆

書には円筆と方筆とがある。方円とは天地万物すべての造形の原理だからである。物質になる前には大自然から陽の息が動き出す、その動きは連続でありながら途中で不連続になり、水上を掠める石のように飛んでは水面に落ち、落ちてはまた飛んでいく、その不連続なるところで物質になれる、陰という。動きは大自然の意志によるもので連続的、猛々しく直線的ですが、途中の度々の不連続で曲りに曲っていって円となれる。途中で曲って静止になった処は方である。石の掠め方では万有引力に関わるが、核子の動き方の不連続は万有引力と無関係である。

息の渦巻は円で、物質になれると、塩や石の如くその結晶はみな方である。円は物体の丸形というより、その動きの意志にあり。そして方は物体の方形というより、その静止の意志にある。故に円とは円形より円意（丸味）、方とは方形より方意。たとえば機械製品の茶碗の口は真ん丸であっても、その線にはまったく動きの思いがない。

それに対し、名陶工の作品の茶碗の口はそう丸くなくても動きの思いがあってそれが本当の円である。方も、形は方であっても、静止の思いがなくては本当の方とはいえない。

円意は絶対の円であり、方意は絶対の方である。

新石器文明はこういう円と方とを会得して、数学の幾何を発明したのである。衣裳の仕立も方円の極意であった。現に和服は衣桁に掛けてみると平方形である、しかし、着る人の動きで曲線の波が生じて来、即ち円意になれる。この如く、他の文明のものの造形もすべてこの方円の心得でつくられたのである。建築も、生活の道具も。

後、漢民族では易経でこの方円のことを理論的学問化した。天地というと、天は始発的で円なり、地は止で、成就であるから方なり、故に天を祭る天壇の形制は円で、地を祭る壇（社稷壇）の形制は方である。そして礼楽とは楽は動的で円なり、礼は形的で方なり、である。

そんな観念論的な話は一体何の為になるかというと、漢民族が方形円形以上に方意円意を心得ていたことを無視するなら、台湾の故宮博物院で見たような世界史上他に類のない殷周銅器の造形の素晴しさと豊かさのわけも知りようがない、ということになる。

方と円とは造形の極意である。石の結晶には渦巻の跡があり、これは円で、しかし結晶の縞様は対称的、方である。これが大自然の意志や息から物質に成れる方円の理で、銀河系もすべてそうである。漢民族はこれで礼楽の世を建設した。

インド人は涅槃の円を悟っても、天下国家の建設は下手だから方を知らない。インド人の服サリーは紗一反で身を包む、美しい褶紋はありますが、それは円によるものだけで、方がない。インドの神像彫刻も寺院建築も円形であり、仏寺は中国や日本に来て方形の建築に直したのである。日本の和式建築は大凡中国唐宋時代の建築に学んだのだが、倭民族の建築伊勢神宮の如きはもとより方を知っていた。

そして西洋人は幾何の方と円を知っても、そのわけを知らない。円意の円が絶対の円なり、方意の方が絶対の方なりということがわからない。為に西洋のものの造形は幾何の方と円を使ってはいるが、円意方意がまったくない。西洋のものに思いがないのはこれが原因である。西洋の社会制度の造形もそうである。

高天の原は円で、大八洲は方なり、これが解らなければ礼楽の人世《ひとのよ》は建設できようもないのである。

円は形の創始、方は形の成就、文明の造形は発展するほど方の用い方が素晴しい。中国では家宅の建築は方形で左右対称的。漢字も方形で左右対称的。インドや西洋の文字は方形にならない。円は非対称的、方は対称的、中国人の対句好きはこの故である。中国の五倫五常、君明臣忠、父慈子孝、兄愷弟悌、夫婦相敬如賓、朋友礼尚往来ということ、即ち互いに対応し、左と右の関係も、上と下の関係も対称的であります。中国文明は祭天祀地、人間が大自然に対しても賓主の礼、五倫五常の基礎も賓主の礼、これこそ対称の極意である。

そして書の筆の運び方には円筆と方筆とがあるのです。殷周秦の篆書は大凡円筆で、漢朝の隷書は大凡方筆であった。六朝北魏の書には方筆が多く、しかし晋の書と後の隋唐や宋の書は大凡円筆と方筆を兼ねて用いた。円筆と方筆では筆の運び方は異り、従って字体も円筆のものと方筆のものとは違ってくる。

円は造形の始まり、方は造形の至りなり。以前主にした土器や陶器はほとんど円形的で、殷周の銅器に至ると、方形が発達し、円と方を兼ねて用いた形も沢山現われた。書が円筆から方筆、更に円と方とを兼ねて用いるまで経過してきたのも、これと似た歴史があります。

然して書の円筆と方筆をどう説明すればよいか。能の舞で譬えるなら、円筆とは西王母の舞のように悠揚宛転なり、方筆は猩々の舞のように沈着頓挫なりである。円筆と方筆とは、その筆の打ち込み方が異る。あたかも西王母の舞の動きの線と足の踏み方は猩々の舞のそれと異るの如くである。

円筆と方筆とは同じく難しいが、初学者には殊に方筆が難しい。しかも円筆と方筆とは共通するところがあります。日本の三筆と称される嵯峨天皇、空海、小野道風の書は、王羲之の書の流れの円と方とを兼ねた書き方で、然して彼等は、円筆の筆の運び方と方筆の筆の運び方とを会得していた。後の書道がだんだんと衰えて、方筆を会得しなければ円筆も弱くなり、同時代の書は雪舟の画に敗けた。

中国でも宋の時代から方筆が失われた。序でに円筆も弱くなった。書の柔勁は円筆により、剛大は方筆によるものであるから、宋と明時代には柔勁剛大の書がほとんどなくなった。独り宋の初めの易経の名人陳摶の書だけは円筆の極致でした。清朝の後期になって、北魏の碑が発見され、書家は方筆と円筆と別々に学び直し、それで書は復興した。日本では三筆の後、独り良寛だけは方筆を会得した。次いで良寛は円筆も他人の追随を許さなかった。そして近代日本の書家で宮島大八の方筆は絶品だったなと思う。

筆の運び方、殊に方筆の打ち込み方は正しい師の伝授がなければならぬ、宮島大八は清国に在って張廉卿の直接指導を受けた。私は幸いにも、幼い時師周承徳先生の稽古中の筆の運び方を傍で親しく見学し得たからよかった。当時は民国の初め、名書家康有為と李徐の円筆、沈曾植、馬一浮、李叔同と周承徳の方筆、更に馬李周と鄭孝胥は方筆円筆を兼ねてもいた。

書は能楽や剣、碁と同じく正しい師の伝授がなくてはならない。

数学も数で物の象の点線と方円を扱うだけに、万物は数なりと威張った。然して数学では、点線に剛柔あり、方形円形に方意円意あり、というところを扱うことができない。それでは大自然の意志や息から物質に成るそのわけを知りようがない。数学の面食らった無理数の問題は即ちここにあった。物理学も物質の成り方の跡だけを扱って、そのわけは解らない。科学で作ったものには全然思いがない。思いがないのは即ちそこに大自然の意志や息がないことなのである。

こういうわけで、万物の造形の理は剛柔方円にまとめられているという。書経に洪範篇がある。洪範とは殷朝と周朝の憲法であったが、その大帝国と人世《ひとのよ》を建立するにひたすら剛と柔でという、即ちその造形の点線のことである。世界史上において、他にいくら幾何学がお得意であった民族にもこういう点線での憲法はない。私は以前これを読んで解らなかった。易経に天地万物を陰陽剛柔という、なお、孟子は方円をいう、「先王制為規矩、而方円不可勝用也」（先王は規矩を制定した、以来方と円はいくらでも使うことができる）と。私が幼い時読んだこれらの言葉はみな今思い出して、始めて解りました。

事実、中国や日本文明の造形は、一陶器から宮室の建築まで、乃至は礼楽の世の行いに皆、自然にこういう点線の剛柔と方意や円意ができている。ただし、大凡それぞれの特定の形に隠れ、または制限されて、目立たない。これに対し、書道では字は象形であっても、画と違って、特定の形に制限されることがない。方筆と円筆と字の結体でよくも直接に剛意と柔意や方意円意に取り組んで、素裸に天地万物の然るべきを表現している。

数学や物理学もこういう物のそれぞれの特定の形に制限されないで、直接に素裸の点線と方円を扱うのだが、符号的、抽象的では物不足。それに対し、書は自ら造形的であることが有難い。書に比べるものは陶器や舞だけといえる。ただし書が最も広い。書は卦象を筆法と字体で物の形にして表現するのである。

字の左右上下の対称性と非対称性

そして書の字の結体では大自然の位に叶っている。物理学者は物質の場ばかりをいっているが、大自然になお、無の位がある。日本文明の場は高天の原である、しかし場とはいわぬ、位である。文明の人世《ひとのよ》にも位がある。書とは、先ず字体は四方形で、それは能舞台の四方形なりと同じ原理である。そして、その字を構成する点と線は一々位に当らなければならない。そこには対称性的と非対称性的の、大自然の基本法則がある。

字を書くは左を書いてから右を書く、上を書いてから下を書く、始めの方は簡単で軽く、終りの方は複雑で重い。しかしそれでは対称的にならない、殊に、万事創始の方が完成の方に圧倒され、萎れてはいけない。たとえば君は簡易で、民の重量に押され、知性的仕事が事務の繁重さに押し潰されては亡びる。史上の例でいえば、唐の太宗の時は創始したばかりで倹約であったが、玄宗に至って繁盛になり、創始の精神が衰えては唐はもう滅びる。字を書くに左辺即ち簡単の方には空間を与えて、右辺の実と対称になる。また上の冠に空間を与えて、中腹の実と対称し、そして下の足が太くてはよくない。それが字の左右上下の陰陽変化による対称である。対称がとれているので左辺右辺上方下方各々その位に当って落着きがあったのである。

なお、点や線の互いの間は、自然界の現象なら、決して等距離にないはず、というが如く、書を書くには、たとえば王の字の三本の平行な線は等距離ではなく、また、完全に平行でもない、照の字の四つの点の間も等距離ではなく、また完全に同じ高さでもない。それで一つ一つの点や線が各々その位を得て、澄んで鎮まり、書に自ら思いがあるというわけである。

そして書を書くに、一の字の終筆、照の字の最後の点は着実的であっても重いのはよくない。舞の足を踏むに翻りがあった如く、陽は始まる、陰のしまいもまた始まる、創始は興す、終末もまた起きる、照の字の最後の点はこういう興《おき》るの意志がなくてはならない。本当は、どの一本の線にも終始があり、終るところは着実的で、然して起こす気分がなくてはならないのである。

ただし、そういうことは、すべて本格の方筆や円筆で始めて書き得る。書は息で書く、こういう生命のある筆法で、始めて点や線がすべてその絶対の位を得る。しかも互いに呼応している。また、字と字との間にも自然に空間が生じる。全紙面が無限の場になり、全体の字は天然の行列で遊んでいる。

故に好い書には高天の原の風景もあれば、礼楽の世の、「人各得其位、物各得其所」の思いも持ってある。だから書は文章の次、しかし画の上にあり。書は音楽的であり、しかも一種の礼器といえる。

我々は、思いのある、しかし主題のないただの好い造形であるものが好き、たとえば富士山の如きは観ても観ても飽きない。画ではその主題が決まっている、羊なら羊、裸像なら裸像、それが窄《せま》い。書は字の象形で、必ずしも何かの主題に決まっていない、書は作者も観る者も心の遊びを広大無限にできる。また画よりずっと深みがある。書の深みは筆法にある、書の筆法を画はその五分の一しか用いていない。なお、好い書の墨の色も画の色彩より上にある。書の墨の色は、色の成りかけたところの、創始の色だ。為に奥多摩にある川合玉堂美術館の、生前の彼の画室には画は掛けていない、書を掛けていた。

筆・硯・紙と墨色

書の道具、いわゆる文房四宝、筆硯墨紙は新石器文明によるもの、即ち神代のものである。

毛筆は石工ののみ（中国語では鑽子）から得た発想で造った書の道具である。石工は全然巧みでないのみで大岩をも割る、広く細緻なる石仕事をもする、書家も巧みでない毛筆で何をも書ける。新石器時代を啓いた一本ののみと槌、漢文字を書くに何の不足もない一本の毛筆と墨である。

墨は、これも新石器時代すでにあった漆から得た発想で造ったものである。黒一色で。海上雅臣さんは私に不思議そうにこういった、中国のいう五色は白黒も色とするのは面白いと。西洋では白は無色、黒は絵具にないのである。しかし中国では黒は諸々の色の深蔵されている処で、これを光で照らせば、あらゆる色が出てくる。八咫烏は真っ黒だが、太陽の光に映されて金色にもなる。中国では太陽のことを金烏という。「金烏昇、玉兎西墜」、玉兎は白色、月のこと。色は光に極度に輝くと白く見える、だから白も色である。墨の色は筆による心の光でこれを照らして諸々の色になる。然して、色というより、方意円意の如く色意といった方が正しい。方形円形より方意円意、色も色形より色意が生きている。高天の原による色である。

こういうわけで、墨は黒を選んだのである。黒は諸々の色の深蔵なる、本当に玄妙なので玄色ともいう。他の色ではその色だけに制限されて墨に不適である。然して、書に正しい筆の打込み方と運び方の修業ができていない人には、墨は色になりようもないのです。

硯は新石器時代以来漢民族が石に親しんで造ったもの。そして紙は、新石器時代にあった織機の糸の延べ方から得た発想と、米をふるう篩からの発想を組ませて手漉きの紙ができたのである。書家はこうした毛筆に、石硯に、墨に、紙に親しみがなければ、書に親しみのありようがない。

海上さんが中国の五色は白色も入れているの一言が、私に新鮮な考えをさせた。中国人は色が光に生じて変化するところを摑んでこれと遊戯する。なお、その晩海上さんが下さった日本料亭での招宴の席で、一人の前衛芸術家が、どうして漢字は四方形ですかと私に問うたが、これも私は今まで気がつかなかった問題で、なるほど考えてみれば、円は始まり、方は成就、漢字は形に成ったので方なりである。中国文明はいつも物の創造からその成就振りを考えているからである。

なお、宴席で琉球舞の前田千加子女史が、琉球の楽は五音といわれたことも有難い。中国も五音である。しかし、西洋では七音。中国の音楽は、楽器によっての精密音階規定より歌喉で、または手で、絶対の音階を生じる。書を書くも、筆の巧みでより手の巧みで、いや手の巧みですらよくない、純粋の心で。書は大自然の意志や息で書くべきである。

伊勢神宮で新嘗祭の節、神前に捧げる饌、山幸や海幸は原始のままのもの。神酒の盃は土器。琴は一絃。文明はそれで朽ちなく、千秋万年経っても創始の新鮮さ、変化の機に富むのである。こうして見れば、現代社会は文明の逆で、末端の道具ばかり発達して、人の手が不器用になり、また手より更に心が萎れている。もし、書の筆法を筆工に頼る、墨色を墨工に頼るとすると、最早書に非ずである。

然して書の決定性的なところとはやはり筆法である。正しい執筆法、方筆や円筆を書くのに正しい筆の打込み方と運び方、正しい永字八法で魏碑から漢隷漢篆、周秦篆、鍾正真草まで臨書し、自然に自分の書が成れる。前人のいう筆法の極意、折釵、屋漏痕、烏糸欄なども知らずにできて来て嬉しくなる。

筆ができれば、書の墨色も自然にできる。墨の色には光がある、表面に浮いている光ではなく、宋の青磁のように中から滲みでる光。そうして潤いながら寂《さび》である。そして快、色のこの四つの徳、光・潤・快そして思いがあり、天地とは万物のあらゆる色彩の共通の徳である。第一は光、書の展覧会場に並んだ沢山の作品がもし墨色に光が欠けたら、黒一色で重複ばかりが感じられる。光があって、色は風景になり、人の目を輝かせる。そして思いがあって、色は鎮まりなり、しかも動きがひそんでいる。

色に思いがあって、色も言語になる。こうした墨色の徳はあらゆる色彩の共通の徳であり、またその人なりの素晴らしい風貌とも共通しています。

そして筆法の極意と永字八法の姿は、天地万物の動きの美しさを発揮し、英雄美人の行動美のすべてを原則的に、且つ具象的に備えている。これ故に、好い書を観るは、わが身を観、歴史を観、天地万物を観るが如くである。

書家の美書と世俗の美書

然して、書には書家の美書と世俗の美書とがある。音楽に譬えれば、宮内庁の楽部や能楽の如きは専門的ですが、民謡は世俗的なもの。民謡の盆踊りは能楽のような厳しい訓練を受けたこともなく、ただ日本民族の美声と美しい身の動き振りで真面目に嬉し気でやれば、これも世界中無敵である。ただし学校の唱歌の声では不可、ダンスの律動を取り入れても駄目です。書も、中国人や日本人なら誰でも、書家のように厳しい訓練を受けていなくても、ただ真面目に嬉し気で字を書けば美しくなるはずである。以前の日本人はみな毛筆を五本の指で執る。たとえ、力は薬指にあると知らなくても、世俗の美書を書くには十分でした。決して今の人のように、鉛筆を執るが如き三本の指でではしていなかった。幼稚園児の書は天然に勁《つよ》く柔かく、書家の憧れであり、書家の書は幼児の書の自覚と成長でなければならぬのである。文人の書は余計な風雅をつけている、そう面白くないが、ただの民間人が書いた普請帳や、婦女の心をこめて書いた稚弱な写経の字体には、当時の日本の良風美俗、世情深穏なるのが伺われる。こういう世俗の書が書家の書の背境になることがなくてはならないのである。私は孫文の書と岡潔の書が好き、あれは世俗の書の極致である。

書は楽しみ

書は西洋芸術に汚染されてはいけない。ほんのちょっとでも。私との対談で、歌舞伎の十三代片岡仁左衛門丈は「歌舞伎もそうである」といわれた。

書は象形であっても特定の物の形に限らず、為に書は天地万物と素顔で知り合うのである。漢朝の雄大さを知るには、史記を読んで、そして石門頌の拓本と対面すれば、何よりである。書は高天の原からのもの、日本の神道、中国では黄老、中国史上の名人、王羲之、崔浩、鄭道昭、陳摶の如きはみな黄老の人であった。漢の「少室石闕」は中岳恒山神廟の石鳥居、その篆書の銘を私は大好き。これより以前、秦の李斯が書いた泰山刻石の書は、始皇帝が泰山を封禅したことが縁起であった。泰山封禅は黄老の祭り。そして王羲之の書「蘭亭集序」の縁起、三月三日の禊事も黄老の祭りであっ

龍

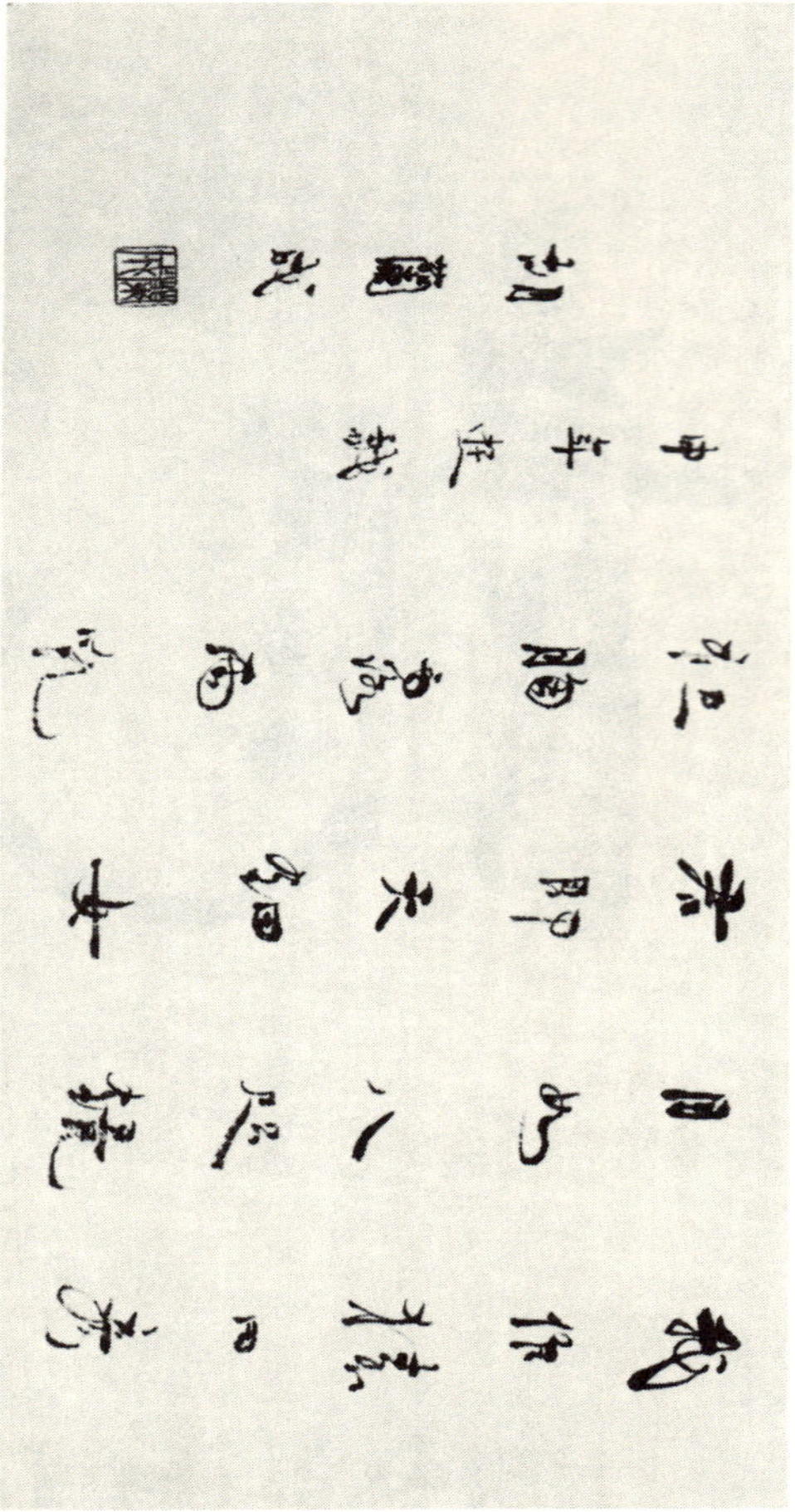

た。北魏の崔浩が書いた「嵩高霊廟碑」は、中岳嵩山の神の徳が書の高古幽遠の姿になっている。

今世紀の大数学者故岡潔先生は、数学上の発見は必ず鋭い悦びを伴うといった。そして先生は大自然のことを造化小児というのが大好きでした。書が然りである。数学上の発見の悦びは方程式に書き上げた後は消える。しかし書の悦びは書き上げてからも永遠に書にあって消えない。王羲之は「吾終当以楽死」(われ、嬉しくて嬉しくて終には嬉し死に至るかな。)蘭亭集序の書は天地の悠々たるに泣いて泣いて嬉しい、然して書は情を越えて、神前の巫女の舞のようだからである。

岡　潔（おか　きよし）
明治三十四年、大阪府に生れるが、早く和歌山県の父祖の地に移って、中学校までをそこに送る。第三高等学校在学中に数学に関心し、京都帝国大学卒業後、三年間のフランス留学を挟んで研究が始められたその解析関数論は、すでに昭和十年代に世界的に認知された。戦後も発明を加えた業績によって、昭和三十五年に文化勲章を受章し、国内において一躍また名を知られた頃から、多年に亘る思索のなかで深められた情緒を基底に、日本の文化、教育面について積極的になされるようになった警世の発言は、巷間に伝えられた奇行と相俟って、共感を交えた大きな反響を呼び、一数学者を越えて、思想家として一世を風靡した感があった。昭和五十三年歿。

胡　蘭成（こ　らんせい）
光緒三十二年（一九〇六）中国の浙江省に生れる。燕京大学を国民革命軍の北伐中に中退後、やがて政治に関わり、汪兆銘政府法制局長官に就くも、汪と意見の対立あって辞職、ジャーナリストとして漢口大楚報社長をつとめた。一九五〇年日本に政治亡命し、一時期台湾の中国文化学院大学で教えたことから、同大学永世教授の称号を受けたが、日本および日本人に親しんで、筑波山の梅田開拓筵他に在る間、保田與重郎と相識るとともに、保田を介して岡潔と交流をもった。「中国のころ」「心経随喜」「建国新書」「自然学」等、日本文による著述も少なくないなかで「天と人との際」（清渚会刊）は、昭和五十六年に歿する、その前年の出版である。

近代浪漫派文庫　37　岡潔　胡蘭成

二〇〇四年十一月十二日　第一刷発行
二〇一三年　七　月　十　日　第二刷発行

著者　岡　潔　胡　蘭成／発行者　中川栄次／発行所　株式会社新学社　〒六〇七―八五〇一　京都市山科区東野中井ノ上町一一―三九　TEL〇七五―五八一―六一六三
印刷・製本＝天理時報社／編集協力＝風日舎
　ISBN 978-4-7868-0095-5

◉近代浪漫派文庫刊行のことば

文芸の変質と近年の文芸書出版の不振は、出版界のみならず、多くの人たちの夙に認めるところであろう。そうした状況にもかかわらず、先に『保田與重郎文庫』（全三十二冊）を送り出した小社は、日本の文芸に敬意と愛情を懐き、その系譜を信じる確かな読書人の存在を確認することができた。

その結果に励まされて、専ら時代に追従し、徒らに新奇を追うごとき文芸ジャーナリズムから一歩距離をおいた新しい文芸書シリーズの刊行を小社は思い立った。即ち、狭義の文学史や文壇に捉われることなく、浪漫的心性に富んだ近代の文学者・芸術家を選んで四十二冊とし、小説、詩歌、エッセイなど、それぞれの作家精神を窺うにたる作品を文庫本という小宇宙に収めるものである。

以って近代日本が生んだ文芸精神の一系譜を伝え得る、類例のない出版活動と信じる。

新学社

新学社近代浪漫派文庫（全42冊）

①維新草莽詩文集
②富岡鉄斎／大田垣蓮月
③西郷隆盛／乃木希典
④内村鑑三／岡倉天心
⑤徳富蘇峰／黒岩涙香
⑥幸田露伴
⑦正岡子規／高浜虚子
⑧北村透谷／高山樗牛
⑨宮崎滔天
⑩樋口一葉／一宮操子
⑪島崎藤村
⑫土井晩翠／上田敏
⑬与謝野鉄幹／与謝野晶子
⑭登張竹風／生田長江
⑮蒲原有明／薄田泣菫
⑯柳田国男
⑰伊藤左千夫／佐佐木信綱
⑱山田孝雄／新村出
⑲島木赤彦／斎藤茂吉
⑳北原白秋／吉井勇
㉑萩原朔太郎
㉒前田普羅／原石鼎
㉓大手拓次／佐藤惣之助
㉔折口信夫
㉕宮沢賢治／早川孝太郎
㉖岡本かの子／上村松園
㉗佐藤春夫
㉘河井寛次郎／棟方志功
㉙大木惇夫／蔵原伸二郎
㉚中河与一／横光利一
㉛尾崎士郎／中谷孝雄
㉜川端康成
㉝「日本浪曼派」集
㉞立原道造／津村信夫
㉟蓮田善明／伊東静雄
㊱大東亜戦争詩文集
㊲岡潔／胡蘭成
㊳小林秀雄
㊴前川佐美雄／清水比庵
㊵太宰治／檀一雄
㊶今東光／五味康祐
㊷三島由紀夫